Peter Zantingh

ZWISCHEN UNS UND MORGEN

ROMAN

Aus dem Niederländischen von
Lisa Mensing

DIOGENES TAPIR

Die Originalausgabe erschien 2022 bei
Das Mag, Amsterdam, unter dem Titel ›Tussentijds‹

Der Diogenes Verlag wird vom Bundesamt für Kultur
für die Jahre 2021–2024 unterstützt

Die Übersetzung dieses Buches wurde
von der Niederländischen Stiftung für Literatur gefördert

Nederlands letterenfonds
dutch foundation
for literature

Take care.

C2C SILBER
drucksinn.at

www.diogenes.ch/tapir

80/24/72/1
ISBN 978 3 257 07289 1

Für Esper

Es sollte ihn nicht geben.

Aber es gab ihn, und wir nannten ihn Mats. Wir gingen in die Stadt, und es war, als wären alle Wände in einem anderen Farbton gestrichen, alle Stühle und Tische verrückt worden. Eine ganze Stadt, um zehn Zentimeter versetzt. An der Tür zu einem Café machte ein Mann höflich Platz, Babys haben Vorrang, sagte er, und ob er einen kurzen Blick auf das neue Leben werfen dürfe, das an meiner Brust schlief, ein so vertrautes Gewicht, dass ich nach hinten kippen würde, wäre ich plötzlich wieder allein. Ist ja noch ganz frisch, sagte der Mann und blickte uns an, und wir beide stammelten ein paar Sekunden herum, weil es genauso gut eineinhalb Stunden oder drei Wochen hätten sein können.

Er lernte laufen und sprechen. Wie einen Karteikasten durchsuchte er sein sich täglich erweiterndes Vokabular, schnappte nach dem richtigen Wort, bis er es erwischte. Wir warteten geduldig mit der nächsten Portion auf dem Löffel. Er sah, wie sich Welt und Waschmaschine drehten. Wollte ein Lied in Dauerschleife hören. Streckte einen Finger in die Luft und sagte: Eins. Trat gegen einen Ball und entpuppte sich als Linksfüßer.

Tess beobachtete ihn manchmal dabei, wie er nach dem Duschen in seinem Frotteeponcho ins Kinderzimmer tappte und Fußabdrücke hinterließ, und dann sagte sie: Den haben wir gemacht, Robin, weil diese Erkenntnis sie regelmäßig überkam und sie nicht wusste, was sie mit der überwältigenden Tatsache anfangen sollte.

In den wärmsten Nächten, wenn er unter dem Flachdach nicht schlafen konnte, saß ich neben ihm. Bei Platzregen versteckte er sich unter einem Baum und unter seiner Mutter.

Eine Sintflut steuerte auf uns zu, und wir hatten neues Leben ins Wasser geschubst, wie Moses in der Bibelgeschichte, nur umgekehrt.

Ich habe alles. Und trotzdem: Genau in dem Augenblick, in dem die Holzbänke vom Utrechter Hauptbahnhof anfangen, sich aus dem Bild zu schieben, bin ich mir sicher, dass etwas fehlt. Eine halbe Sekunde lang bin ich davon überzeugt, mich im Gleis geirrt oder meine Tasche draußen stehen gelassen zu haben. Es ist der Versuch, das Unumkehrbare aufzuhalten.

Im Stillstand war noch alles möglich.

Ich stelle den vollgestopften Rucksack auf meinen Schoß, zuerst, um auch meinen Tastsinn davon zu überzeugen, nichts vergessen zu haben, dann, während wir uns der Höchstgeschwindigkeit nähern, um ihr Buch aus dem gepolsterten Seitenfach herauszuziehen. Ich streichle den matten Umschlag, als wollte ich sie damit heraufbeschwören, und klappe es vorsichtig auf.

Sechs Stunden und sechsunddreißig Minuten liegen zwischen ihr und mir, fast siebenhundert Kilometer. Das hier ist ihr Hilferuf, ihre Drohung, es verlangt so unmittelbar nach einer Antwort, dass ich unangekündigt unterwegs bin. Vielleicht bin ich schon zu spät.

Es sind zwölf großflächige Illustrationen, mit Bleistift, Kreide, Holzkohle und Farbe gefertigt, auf vierundzwanzig unnummerierten Seiten aus rauem, recyceltem, hundertsechzig Gramm schwerem Papier. Ich weiß noch, wie glücklich sie war, als sie die Probedrucke zugeschickt bekam, als würde das Gewicht des Papiers unterstreichen, wie gut ihre Arbeit war.

Meistens zeichnete sie im Gästezimmer, stundenlang, auch abends. Wenn ich am nächsten Morgen hineinspähte, während sie noch schlief, sah ich die diagonal gekippte Tischplatte, an der sie gestanden hatte, den großen, mit einer breiten Klemme befestigten Papierbogen, die gesammelten Bleistiftspäne in einem Whiskeyglas aus Bleikristall auf der Fensterbank und ihre Zeichenutensilien auf dem Hocker in der Ecke, wo sie vor nicht allzu langer Zeit, bei einer anderen Art der Tagträumerei, die Kommode entworfen hatte.

Es ist warm, und es wird immer wärmer. Die letzten in Utrecht zugestiegenen Fahrgäste suchen ihre Plätze. Ich suche das Bild in der Mitte des Buches und nehme das Papier in meine angespannten, sich unwillkürlich streckenden und krümmenden Finger. Das sind Muskelkrämpfe, die bis in meine Schulter und meinen Nacken ausstrahlen. Die Schmerzen werden mir wahrscheinlich noch vor Arnheim Kopfweh bescheren. Ein Tic, das ist es, und es gibt nur zwei Arten, ihn zu überwinden: Ich kann mit absoluter Konzentration und Willenskraft versuchen, dieses sich wiederholende Anspannen der Muskeln zu unterdrücken, was irgendwie das Gegenteil von Achtsamkeit wäre, oder ich kann mich so sehr ablenken, dass Kopf und Körper es kurz vergessen.

Da! – Man erkennt sie in jedem Detail. Die naturgetreuen Farben, die absichtlich bis knapp über die Konturen geführten Pinselstriche. Mit dem Blick an einer scharfen Kante hängen zu bleiben, ist unmöglich; alles ist abgerundet, gefeilt. Ich erlebe erst jetzt, während die Sonne höhersteigt und wir die Gemeinde Utrechtse Heuvelrug durchqueren, was andere über ihre Arbeit gesagt haben: dass es egal sei, wo man hinschaue, denn immer wandere der Blick wie von selbst zu den Gesichtsausdrücken. Sogar bei einer Zeichnung wie dieser. Das Bild zeigt eine Vogelperspektive, so detailliert wie ein Stadtplan, mit einem Waldstück, das die ganze linke Seite einnimmt und über den Buchfalz hinauswächst, es gibt pilzförmige Wegweiser auf den Lichtungen, Wanderer mit gutem Schuhwerk, ein Pärchen mit Kinderwagen, eine Gruppe von Tieren in einem Kreis, als würde gerade diskutiert, wer heute Protokoll führt, teilweise überwucherte Holzschwellen, und ganz oben in der Ecke, neben meinem rechten Daumen, findet ein spontanes Konzert statt, auf dem ein winziges Männchen mit Bart auf einem Flügel spielt und zehn bis fünfzehn Menschen auf Holzpaletten sitzend zuhören. In der Zeichnung ist es April, vielleicht Mai, die Frühlingsgefühle sind gerade erwacht.

Sie baut gerne persönliche Anspielungen in ihre Arbeiten ein. Man kann uns auf jeder Seite finden, ich immer links von ihr, sie rechts von mir, immer von hinten, als würden wir uns im nächsten Bild noch mal umdrehen, um dann von der Buchseite zu laufen.

Ich erkenne uns auf den Holzpaletten neben dem Wald. Auf einem der ersten Bilder entdecke ich uns neben einer Straßenlaterne, mitten in der Nacht, wir kennen uns seit ein paar Wochen und wurden gerade vom Personal des Cafés Olivier nach draußen komplementiert. Auf einer anderen

Zeichnung sitzen wir auf einer Bank am Ende eines penibel gepflegten Gartens, der nicht uns gehört. Ich blättere weiter, und auch da finde ich mich, auf einer der letzten Seiten, neben einem ockerfarbenen Kombi. Die Heckklappe ist geöffnet, sodass die ersten Sonnenstrahlen jenes Freitagmorgens auf die hineingehievten Reisetaschen fallen. Sie steigt ein.

Ich träume nur selten vor mich hin, auf jeden Fall nicht so wie sie. Ich hübsche die Realität höchstens auf. Aber das hier war, vor langer Zeit, eine ebenso einfache wie verlockende Zukunftsvision, die ich mit ihr geteilt habe: das Leben in ein paar Kubikmetern einzufangen, es dort zu bewahren und alles andere auf null zu setzen. Das werden die anderen, die dieses Buch in die Finger bekommen, nicht wissen, aber ich schon, und sie auch.

Ich höre nicht auf, das Bild zu fixieren, als würde ich sie auf diese Weise sehen. Lernen, sie immer besser zu verstehen.

Im Zug kann ich nachdenken, sagte sie, als ich sie heute Morgen zum Bahnhof gebracht habe.

Das schrille Piepsen der Türen schallte durch die fahlweiße Halle, ein einzelner Reisender im Eiltempo, das Karussell der Durchsagen, das sich auch dann weiterdreht, wenn keine Oberleitungen kaputt sind oder Bäume umgeweht wurden; als müsste eine unangenehme Stille gefüllt werden. Am Bahnsteig stand der ICE schon bereit, die Nase spitzer und weltgewandter als bei der Regionalbahn, die gegenüber auf der Pendelstrecke Richtung Tiel wartete. Die Sonne schien noch gerade so unter die Überdachung.

Mir fielen ihre grünbraunen Augen wieder auf. Diese

Augen, mit denen sie sich durchs Leben improvisierte und immerzu neugierig und intuitiv die Zukunft abtastete.

Wie lange hatte ich sie nicht mehr gesehen? Wirklich gesehen? Es fühlte sich so an, als hätte ich, wenn wir uns beim Frühstücken gegenübersaßen, mindestens ein Jahr lang nicht mehr vom Teller aufgeschaut. Und wann hatte ich sie zuletzt im Bett angesehen? Früher, ja, da habe ich sie angesehen, und sie mich, wenn ich in ihr kam. Eine Intimität, die im Nachhinein aufgesetzt wirkt. Das Schauspiel junger Geliebter.

Sie kam näher und schlang ihre Arme um mich. Mit ihrer Nase an meinem Hals und den Händen auf meinen Schultern sagte sie: Im Zug kann ich nachdenken.

Worüber, das habe ich sie nicht gefragt.

Ich wartete, bis der Zug außer Sichtweite war, und fuhr nach Hause. Mit meiner Schulter drückte ich die von der Wärme verzogene Tür unserer Wohnung in Tuinwijk auf. Vor der Treppe lag von gestern noch eine durch den Briefschlitz geworfene Karte vom Paketdienst: In der Packstation beim Supermarkt wartete etwas auf uns.

Mit einem schweren, fußbankgroßen Karton ging ich wieder nach Hause. Ihr Name stand auf dem Paket, und der Absender verriet, dass es von ihrem deutschen Verlag stammte.

Zu Hause stellte ich den Karton auf den Esstisch. Mit einem Küchenmesser durchtrennte ich das Paketband. Erst danach frage ich mich, ob ich nicht hätte warten müssen, bis sie wieder zu Hause war. War das hier ein besonderer Augenblick? Ihr erstes eigenes Buch. An nichts hatte ich sie härter und intensiver arbeiten sehen. Es würde zeitgleich in

Deutschland und den Niederlanden erscheinen; die Deutschen waren mit dem Verschicken der zwanzig Belegexemplare also etwas schneller gewesen.

Jedes Buch war in dünne, straff gespannte Folie gehüllt. Ich nahm ein Exemplar aus dem Karton, wog es in der Hand, zog die Folie ab und schlug es auf irgendeiner Seite auf. Dann klappte ich es zu und fing vorn an, so wie es sich gehört.

Ich schaute und wusste, dass es kein Zufall war. Ich blätterte, immer schneller, bis zur letzten Zeichnung. Mit zitternden Händen schlug ich es wieder zu, für einen kurzen Moment glaubte ich, es verdecken zu können, so zu tun, als hätte ich es nicht gesehen.

Aber da wusste ich schon, dass ich zu ihr musste.

Arnheim kommt in Sicht. Der Zug wird die letzten inländischen Reisegäste von sich abschütteln, und ich werde noch gute sechs Stunden unterwegs sein. Ich nehme mein Handy und schreibe eine Nachricht. *Ich fahre dir hinterher.*

Nein – der Cursor löscht wieder alles. Sie wird wissen wollen, warum, und das geht nicht übers Handy. Ein Blick auf die linke obere Ecke des Bildschirms. Kurz nach halb zwölf.

Während wir Arnheim wieder verlassen, steht Mats mit weiß-grünen Klettverschlussschuhen auf dem gegenüberliegenden Platz, er drückt seine runde, weiche Nase am Fenster platt und haucht auf die Scheibe. Obwohl es mir lieber wäre, er täte das nicht, weil sich auf dem Zugfenster mit Sicherheit allerlei Bakterien tummeln, bin ich plötzlich maßlos glücklich, denn da ist mein Sohn, sein Leben hat vor etwas mehr als zwei Jahren begonnen, und es ist genau so, wie es ist.

Es hätte genauso gut nicht passieren können. Als Tess und ich zum ersten Mal im selben Raum waren, bekamen wir das beide nicht mit. Erst später, als Paar, kamen wir zu dem Schluss, dass sie 2008 die letzten Stunden des Jahres bei mir zu Hause gewesen sein musste. Ich bewohnte mit zwei Kommilitonen eine Wohnung am Smaragdplein, in einer Nachkriegsbaute ohne Zentralheizung. Einer meiner Mitbewohner zählte Tess zu seinem Freundeskreis und hatte sie eingeladen, neben ungefähr zehn anderen, die wiederum Bekannte mitbrachten. Mein Beitrag beschränkte sich auf drei meiner besten Freunde, Jungs, die ich schon seit der weiterführenden Schule kannte und mit denen ich damals ein monatliches Pubquiz organisierte. Insgesamt waren es viel zu viele Leute für unser kleines Wohnzimmer.

In den folgenden Jahren kam der Silvesterabend oft zur Sprache. Er wurde zu einer Anekdote, die man anderen erzählte oder immer mal wieder einander, und dann fing vor allem sie von den Momenten an, in denen das Leben versuche, einem unter der Ladentheke eine andere Version zu verkaufen, einem aufzeige, wie es auch laufen könnte. Allerdings müsse man gut aufpassen, da man genauso gut blind dafür sein könne. Ich hatte damals neben dem tickenden Gasofen auf der breiten Fensterbank gesessen, neben einem meiner Jugendfreunde und dem tragbaren Lautsprecher, der M83 *Saturdays = Youth* abspielte, es war das Jahr, in dem uns das Album die Welt des Ambient-Genres eröffnete, und es war der Abend, an dem wir Pläne für ein groß angelegtes Popquiz schmiedeten, ich würde mir die Fragen ausdenken, und er würde moderieren. Wir vergaßen alles um uns herum, wozu eben auch sie gehörte, die auf dem beigen Zweisitzer von Ikea saß. Um zwölf Uhr wünschte jeder jedem ein frohes neues Jahr, und jeder küsste jeden, sie mich also auch und ich sie, so muss es gewesen sein. Danach radelte sie weiter zu einer anderen Party und ich nicht.

Ich hole zwei Pässe aus dem Innenfach des Rucksacks. Der nächste Halt ist in Deutschland. Es ist unwahrscheinlich, dass sie jemand sehen will, aber ich bin lieber vorbereitet. Ich öffne das neueste, am wenigsten abgenutzte Büchlein und betrachte das Foto.

Er existiert. Er ist hier.

Weil wir uns noch mal begegnet sind, Tess und ich, ein paar Wochen nach dem Jahreswechsel. Es war der 17. Januar 2009, und wir bildeten im Osten von Utrecht mit ungefähr 2500 anderen eine Menschenkette durch das Landgut Amelisweerd, um gegen neue Pläne für eine Autobahn zu demonstrieren, die durch das dreihundert Hektar große Stück Natur mit seinen Wanderwegen, den sich über den schlängelnden Fluss beugenden Kappweiden und den vierzig, fünfzig Meter hohen Buchen führen sollte, die dort schon standen, als das Grundstück noch Napoleon gehörte. Die Menschenschlange führte an der geplanten Strecke vorbei, über Land, das jetzt noch sumpfig und grün war und von dem man auf die Bauernhöfe und Verteidigungsanlagen der Neuen Holländischen Wasserlinie blickte. Ruhig, fast gelassen zogen wir durch den dünnen Nebel. Über uns flog ein Helikopter, Klangfetzen einer Blaskapelle wehten herüber – und sie war da, ihre Finger legten sich um meine. Sie hielt meine Hand fest, bis es keinen Temperaturunterschied mehr gab.

Links von mir: mein Vater, der sich zum x-ten Mal dazu gezwungen sah, sich für das einzusetzen, was er »den Garten von Utrecht« nannte. Alle paar Minuten klopfte ihm ein alter Bekannter auf die Schulter, einer nach dem anderen kamen sie vorbei, die Aktivisten der Atomkraft-Nein-danke-Zeit, jetzt mit gestutzten Bärten und tief hängenden Augenlidern, und dann ließen sie gemeinsame Erinnerungen über den Spätsommer 1982 aufleben, als eine heterogene Gruppe von Utrechter Akademikern, Umweltaktivisten, Hausbesetzern, Abgesandten der Anti-Atomkraft-Bewegung und Zweite-Welle-Feministinnen diesen Wald eine Woche lang besetzt hatte.

Damals verfolgten die Behörden den Plan, einen fünfundzwanzig Meter breiten Streifen zu roden, um Platz für die Autobahn »Rijksweg 27« zu schaffen. Die Eichen, Ahorne, Buchen, Ulmen, Pappeln, Kastanien, Birken, Eschen und Erlen, die auf der Todesliste standen, waren mit einem weißen Punkt markiert worden, als hätte man mit einem Fußball gegen die Stämme geschossen. Mein Vater und Hunderte andere verschanzten sich sowohl auf dem fruchtbaren Marschland als auch in den Bäumen in selbst gezimmerten, mit Losungen besprühten Hütten und widersetzten sich mehreren Angriffen und Räumungsversuchen der Einsatzkommandos.

Meine Mutter war nicht dabei. Sie hatte als junge Studentin ein paar Jahre zuvor das Café Marktzicht an der Breedstraat betreten und ihn dort kennengelernt, eines der am wenigsten lautstarken und gleichzeitig aktivsten Mitglieder der Protestgruppe, die etwas früher an jenem Abend in der Nähe getagt hatte. Ausschließlich von Verliebtheit getrieben, schloss sie sich der Gruppe an, ein schüchternes Mädchen aus einer protestantischen, nordholländischen Familie. Nach den ersten Gewaltausbrüchen zwischen Demonstranten und Polizisten beschloss sie, fortan in ihrem Wohnheim zu bleiben und auf seinen erlösenden Anruf zu warten.

Der Kampf wurde trotz allem verloren. Ein aus dem ganzen Land zusammengetrommeltes, tausend Mann starkes Sonderkommando jagte an einem Freitagabend im September 1982 alle aus dem Wald. Drei Stunden später waren die Bäume unter den stählernen Gleisketten mehrerer gelber Caterpillar D8-Bulldozer verschwunden, und Amelisweerd wurde künftig von zehn Fahrspuren durchschnitten.

Jahrelang hatte ich eine gewisse Kampflust wahrgenommen, wenn mein Vater von jener Zeit erzählte. Als Produkt einer anderen Generation und Sohn meiner Mutter war ich weniger militant eingestellt als er in seiner Hochphase, doch am Tag der Menschenkette, mit Mitte zwanzig, nahm ich auch bei mir diesen alles beherrschenden Eifer wahr, der einen dazu bringt, sich für seine Überzeugungen einer schwer bewaffneten Hundertschaft entgegenzustellen. Nicht trotz, sondern wegen der gehörigen Tracht Prügel, die man kassieren wird. Weil Veränderung nun mal wehtut.

Aber ich stellte bei meinem Vater auch und immer öfter eine gewisse Verbitterung und Resignation fest, wenn es um den vergeblichen Protest im Wald ging. Der Kampfgeist war aus seinem alternden Körper gewichen und hatte einer Melancholie Platz gemacht, die ihn immer mehr vereinnahmte. Später – ja, später wurde er schweigsamer und schweigsamer. Aber vielleicht bemerkte ich das damals, an jenem Samstag im Jahr 2009, zum ersten Mal. In das Gespräch zwischen Tess und mir mischte er sich nicht ein. Dennoch empfand ich seinen gedämpften Enthusiasmus nicht im Ansatz so unerhört wie die halbherzige Teilnahme meiner eigenen Generation, deren sehr kleine Delegation herumlief, als wäre an einem Samstag mit einem Kochlöffel auf einen Topf schlagen das Äußerste, das sie zu geben bereit waren.

Hielt ich ihre Hand immer noch? Nein, aber sie stand noch neben mir. Sie sagte entschuldigend, sie kenne die Gegend nicht besonders gut, und sah sich um, während sie einen fast aufgebrauchten Collegeblock in ihren Rucksack steckte, den sie sich wieder über die Schulter warf. Sie nahm teil, weil die Organisatoren sie darum gebeten hatten, ein Plakat für die Protestaktion zu gestalten.

Sie trug einen dunkelblauen Parka, der bis über ihr Gesäß reichte, und darunter einen leichten Pullover mit Zopfmuster und weitem Rundhalsausschnitt. Die hochgesteckten Haare hatten einen dunkleren Goldton als die Strähnen, die neben ihren kleinen Ohren herabhingen. Zum ersten Mal bemerkte ich ihre grünbraunen Augen. Sie suchte wieder nach meiner Hand. »Besser die Kette nicht unterbrechen«, sagte sie. Das Hand-in-Hand-Gehen wurde von den Demonstranten längst nicht konsequent durchgezogen, doch die Pressefotografen standen auf der anderen Seite des Kromme Rijn, und sie kannte die Kraft der Bilder.

Ich nickte in Richtung Rucksack und fragte, was sie gezeichnet hatte.

»Oh«, sagte sie leicht abwesend. »Nichts. Ich dachte kurz, da sei was gewesen. Eine Idee.«

Sie starrte einen dunklen Betonbunker rechts von uns auf der Wiese an, löste sich kurz von mir und zeigte in seine Richtung, als hoffte sie, er würde dadurch etwas preisgeben. Ihr etwas erzählen. Dann schüttelte sie es von sich ab.

»Wird schon gut gehen«, sagte sie zu niemandem und über nichts im Besonderen, als wäre sie bereits kurz in der Zeit vorgereist und mit dieser beruhigenden Gewissheit in die Gegenwart zurückgekehrt.

Dann drehte sie sich zu mir um und sagte ihren Namen.

Mats war viereinhalb Monate alt, als wir das Dokument für ihn beantragten. Damals gab es ihn schon auf viel mehr Arten, als ich es mir vor seiner Geburt je hätte vorstellen können. Der Gedanke, dass niemand ihn so kannte wie wir beide, erfüllte mich manchmal mit einem Gefühl unantastbarer Intimität. Er wuchs vor unseren Augen und in unseren Köpfen auf und verschaltete die Kabel auf eine Weise, die vor allem mich überwältigen konnte – oh, diese Euphorie so ungefiltert zuzulassen, ich, der nur in der Wiederholung leben konnte, ich, der das Glück für gewöhnlich nur erkannte, wenn es als Erinnerung verpackt war.

Und trotzdem: Er existierte nicht. Die ersten zweiundsiebzig Stunden zum Beispiel, als ich das in einer winzigen blutroten Faust geballte Leben noch nicht bei einem Beamten am Schalter gemeldet hatte. Und auch nicht, monatelang nicht, gemäß den grenzüberschreitenden und in internationalen Abkommen verbrieften Bedingungen, unter denen der fortbewegungsfähige Mensch existieren darf. Dafür brauchte es einen neuen Termin im Bürgeramt. Dafür brauchte man dieses rote Büchlein. Seine Unterschrift fehlt, hier wurde dem Baby Aufschub gewährt, allerdings musste es auf das Foto, musste sein Gesicht vollständig und innerhalb des Rahmens zentriert werden, gleichmäßig belichtet, vom Scheitel bis zum Kinn minimal neunzehn und maximal dreißig Millimeter, die Augen nicht bedeckt.

Das Augenpaar gegenüber von mir folgt jetzt den vorbeiziehenden Häusern. Immer wieder bleiben sie kurz hängen, lassen los und suchen einen neuen Fixpunkt. Danach bemerkt er mit strahlendem Erstaunen das Stück Croissant in seiner linken Hand. Ein zweijähriger Junge kann ein Brotstück in seiner eigenen Faust finden wie ein Erwachsener einen Fünf-Euro-Schein in einer alten Jeans.

Bei den Ruinen von Fort Westervoort biegt der ICE kreischend rechts ab, um danach die IJssel zu überqueren und auf dem Bahndamm durch das Örtchen selbst zu fahren.

»Westervoort«, sage ich und zeige nach draußen. »Hier hat Mama früher gewohnt. Hier hat deine unglaubliche Vorgeschichte gewissermaßen angefangen.«

»Ja«, sagt er, achtlos, als erzählte ihm sein Vater nichts Neues.

Ihre Geschichte nahm, wenn man sie selbst danach fragte, ihren Anfang, als ein dreiundzwanzigjähriger Mann namens Lothar Buske im Mai 1940 seine Frau Ilse auf den blonden Scheitel ihrer Stirn küsste, versprach, in ein paar Wochen wieder zurück zu sein, und mit einem der sieben an Grenzbahnhöfen bereitstehenden Züge in die Niederlande einfiel.

Mittlerweile weiß ich, wie Tess denkt: Alles zieht Folgen nach sich. Es sind Linien, die sie weiterziehen kann. Sie streitet die Existenz des Zufalls nicht ab, weist aber gerne darauf hin, dass es genauso gut einen logischen Zusammenhang geben kann, der sich schlicht und einfach außerhalb der menschlichen Wahrnehmung befindet. Ich erkenne das auch in ihren Zeichnungen: Alles ist immer gleichzeitig in Bewegung, Geschichte und Zukunft in einem Bild. Die Flaschenpost wird auf derselben Seite verschickt und gefunden. Für jemanden, der ein Leben rettet, wird ein paar Zentimeter weiter schon ein Denkmal errichtet.

Lothar Buske starb vor Westervoort. Er saß mit Dutzenden anderen schwer bewaffneten Soldaten in einer gepanzerten Dampflokomotive, die in der ersten Nacht des Krieges auf die andere Seite der IJssel gelangen sollte, um von dort aus sofort zur Grebbe-Linie vorzustoßen. Aber der Überraschungsangriff auf die Brücke scheiterte: Man hatte die niederländische Verteidigungsanlage auf der anderen

Seite des Flusses gewarnt, die die Brücke sprengte. Buske war kurz zuvor mit vier weiteren Soldaten losgeschickt worden, um die von den Niederländern hastig errichteten Blockaden aus dem Weg zu räumen. Die Sprengsätze gingen an zwei Stellen hoch. Mit einem ohrenbetäubenden Getöse fielen die Brückenbögen ins Wasser des breiten Flusses.

In den späten Siebzigerjahren nahm Ilse Buske, inzwischen Ilse Bohninger, über fünfzig und Direktorin einer Realschule in Dortmund, Kontakt mit einer weiterführenden Schule in Arnheim und darüber mit potenziellen Gastfamilien in Westervoort auf. Sie schlug ein bescheidenes Austauschprogramm zwischen den Schulen vor und hatte bewusst das Dorf ausgewählt, in dem ihr erster Ehemann beim Startschuss eines verheerenden Krieges sein Leben gelassen hatte.

So kam es, dass ein Jahr später ein fünfzehnjähriges deutsches Mädchen zusammen mit seiner Zwillingsschwester bei einer niederländischen Familie untergebracht wurde, um in Arnheim an einem eigens für sie und zwanzig andere Jugendliche organisierten Schüleraustausch teilzunehmen. Und so kam es, dass sich das Mädchen an der Klapstraat in Westervoort in den niederländischen Nachbarsjungen verliebte.

Ihre Zwillingsschwester kehrte früher nach Dortmund zurück, desillusioniert von Schikanen, einem Nachbarn, der kurz vor dem Zebrastreifen extra Gas gegeben hatte, und einem Lehrer aus Arnheim, der keine deutschen Schüler in seinem Klassenzimmer gestattete. Diese Erfahrung hatte sie verbittert, und diese Verbitterung war für immer ein kleiner Teil von ihr geblieben.

Sie selbst absolvierte das Austauschprogramm, ging nach Deutschland, um die Schule abzuschließen, und kehrte dann sofort in die Niederlande zurück. 1988 bekam sie zusammen mit dem früheren Nachbarsjungen eine Tochter – und fast einundzwanzig Jahre später hielt ich die Hand dieser Tochter. Wir breiteten uns über die Länge der geplanten Asphaltbahn aus, und ich glaubte ihr, als sie sagte, alles würde gut.

Wir verliebten uns – zuerst noch vorsichtig und tastend. Im ersten Winter radelte ich ein paar Mal pro Woche zu ihr, sie wohnte in der Nähe von Park Lepelenburg, ich klingelte an ihrer Tür und erklomm die schmale Wendeltreppe in den dritten Stock. Manchmal zögerte ich kurz, als würde ich durch das Eintreten eine große, bedeutsame Entscheidung treffen.

Eines Nachts sagte sie: »Ich liebe dich.« Aber ich hatte damals die Fähigkeit, auf den falschen Ebenen konsequent zu sein, und sagte es nicht zurück, fest entschlossen, das erst zu tun, wenn ich es mit allem, was ich hatte, fühlte, und noch ohne die Selbsterkenntnis, über die ich mittlerweile verfüge: Ich bin ein Junge, ein Mann, der Glücksgefühle zu oft erst im Nachhinein wahrnimmt. Ich war glücklich, und zwar auf eine nahezu begierige Art. Aber in jener Nacht sagte ich es nicht. Wir lagen unter der Decke, und sie wartete, doch ich sagte es nicht.

Sie war geduldig. Monate zogen ins Land. Ich bewegte mich vorsichtig mit ihr mit, bis ich nichts anderes mehr kannte, bis ich nicht mehr ohne sie konnte.

Sie schloss ihr Studium ab und arbeitete für ein paar Auftraggeber. Für Zeitungen, Magazine, manchmal für eine Behörde oder eine Firma, die hoffte, die Leute würden die von ihren Arbeiten ausgehende einnehmende Freundlichkeit mit der ihrer Kampagne oder des neuen Produkts verwechseln.

Lange versuchte sie, etwas zu zeichnen, in das ihre außergewöhnliche Vorgeschichte verwoben war, als wäre sie dazu verdammt, sie so lange zu erzählen, bis sie sie endlich in etwas Sichtbares verwandelt hätte. Sie suchte im Internet nach mehr Informationen über die Schlacht bei Westervoort, schaute sich YouTube-Videos an und besuchte das Niederländische Institut für Militärgeschichte in Den Haag, um archivierte Dokumente über die erste Kriegsnacht zu lesen. Sie zeichnete die beiden Ufer ihrer Geschichte, den dazwischenliegenden, siebzig Meter breiten Fluss, die Brücke, die gleichzeitig an- und abwesend war. Daraus musste sich doch ein umfassendes, symbolisch aufgeladenes Bild machen lassen. Dass es ihr trotzdem jahrelang nicht gelang, würde sie schließlich der Tatsache zuschreiben, dass fast alle auffindbaren Quellen die Geschehnisse aus der niederländischen Perspektive nacherzählten.

Ich schloss mein Studium ab und wurde Quartiersmanager bei der Kommune. Ein Job, bei dem ich es – mit der früher von meinem Vater bei passender und unpassender Gelegenheit zitierten Zeile »Alles Wertvolle ist wehrlos« des Dichters Lucebert im Kopf – schon bald als meine wichtigste Aufgabe sah, den immateriellen Wert des öffentlichen Raumes gegen die Kräfte wehrhaft zu machen, die lieber dessen wirtschaftliches Potenzial ausschöpften, indem sie, was auch immer es war – einen Park, eine Grünfläche, einen

Spielplatz oder gar einen Fahrradständer –, mit Stumpf und Stiel entfernten und stattdessen etwas Rentables bauten.

Und ich setzte mich weiter für Amelisweerd ein. An freien Tagen wanderten wir dort oder fuhren Kanu. Ich war in Vereinen und Arbeitskreisen aktiv, machte Lobbyarbeit, organisierte Crowdfunding-Aktionen und Demonstrationen. Jeder neue Minister in jedem neuen Kabinett von Ministerpräsident Mark Rutte schien noch entschlossener als der vorige, giftige Asphaltpfeile durch das Grün zu schießen. Es musste und würde passieren, obwohl Wissenschaftler nachwiesen, dass die Staudichte dadurch nicht verringert würde. Ich dachte an das, was Verhaltenspsychologen *plan continuation bias* nennen und Piloten *get-there-itis:* Man ist so sehr mit dem Erreichen des vorher bestimmten Ziels beschäftigt, dass man nicht einsieht, dass ein Abweichen davon die logischere, vernünftigere und sicherere Option geworden ist.

»Darf er?« Ich habe den Mitarbeiter der Deutschen Bahn nicht kommen hören. Mit einem antrainierten Lächeln und einem ausgestreckten Tablett bietet er Plätzchen an und will wissen, ob Mats eins haben darf.

Auf den glänzenden, weihnachtlich roten Tütchen steht »Lieblingsgast«. Unbeabsichtigt wirkt es wie eine Kompensation für die Umleitung und die damit einhergehende Verspätung, über die gleichzeitig durch die Lautsprecher informiert wird: Bei der Flutkatastrophe der letzten Woche wurden auch Wege, Brücken und Gleise fortgespült. Der ICE kann Düsseldorf nicht anfahren und wird zwischen Duisburg und Köln umgeleitet.

Aber zuerst: Oberhausen.

Ja, er darf eins. Ich reiße das Tütchen für ihn auf und danach mein eigenes. Herzförmiges Spritzgebäck.

Der Dopplereffekt eines Bahnübergangs, die ewigen Lärmschutzwandgraffiti. Teig, Zucker und Butter. Ein junges Pferd trinkt im Stehen von einer Stute auf der Weide. Der Zug wird langsamer. Mit höchstens vierzig Stundenkilometern nähern wir uns der Grenze, als wäre besondere Vorsicht geboten. Die Niederlande verabschieden sich in Grün, mit einem letzten Garten mit Trampolin. Danach wirken die Straßen und Wälder sofort hügeliger, und die Wegweiser sind weiß und pfeilförmig. Wir bleiben kurz an einem hellrosa Bahnhofshäuschen bei Emmerich stehen, wo auf den benachbarten Gleisen ein Güterwagen damit angibt, dass sein Inhaber der Erde jährlich 3900 Tonnen CO_2 erspart.

Die in ihren überschwemmten Kellern ertrunkenen Menschen wurden in der Durchsage nicht erwähnt, auch nicht die mitgerissenen Körper, Bäume, Schaufensterpuppen und Kisten mit Weihnachtsschmuck. Wir schauen zusammen aus dem Fenster und sehen nichts von alledem. Es ist passiert und wurde schon verschleiert. Solange das noch möglich ist, werden wir so tun, als wäre es halb so schlimm.

Ich sehe ihn an. Er hat keine Ahnung. Er weiß es noch nicht.

In Oberhausen sind alle allein. Ein Mann in Sandalen geht den Bahnsteig von vorn bis hinten ab. Ein Pärchen sitzt auf einer Metallbank, jeder auf seiner Seite der Armlehne, er beugt sich über sein Handy, ihr Blick fixiert die Stelle, wo sie den Zug erwartet.

Eine hochschwangere Frau wird von der Rolltreppe aus dem Bahnhofstunnel gehoben. Sie sieht, dass der ICE schon bereitsteht, und macht eine panische Bewegung, der Koffer und ihr raumgreifender Körper unhandlicher Ballast in der plötzlichen Eile.

Ich schicke Tess eine Nachricht und frage, wie spät die Veranstaltung anfängt. Auch diesmal erwähne ich nicht, dass ich zu ihr komme. Ein paar Sekunden starre ich die Sprechblase an.

Heute Abend sehe ich dich, denke ich. Ich werde dich nicht verlieren.

Die Glastür des Abteils geht auf, und die schwangere Frau wankt mit rotem Gesicht durch den Gang. Sie schiebt ihren Koffer in das Gepäckregal, stützt sich ab, ächzt und probiert drei Plätze aus, um den mit der besten Klimatisierung zu wählen. Ihr Unwohlsein ist so allgegenwärtig, dass ich wegschauen muss. Der Zug rollt an den Ausläufern der Bahnsteige entlang, die immer schmaler werden und am

Ende nichts weiter sind als brachliegende Betonplatten mit Unkraut dazwischen.

In meinen Zwanzigern kultivierte ich das Bild des jungen Mannes, der nichts mit Babys anzufangen weiß. Ich gestand nur allzu gerne, dass man mir genauso gut einen Sack Blumenerde in die Arme drücken konnte.

Um mich herum wurden es immer mehr. Sie wurden zu Windelträgern und Krabbelknirpsen und Kitakindern und überfluteten Geburtstage, zu denen ich doch sowieso schon ungern ging, wo man sich jetzt aber wirklich gar nicht mehr unterhalten konnte, ohne dass eins am Bein des Gesprächspartners hochkletterte oder mit dem Ende des Teelöffels auf dem Holzboden herumkratzte.

In solchen Momenten bemerkte ich bei anderen die Tendenz, mich als Außenstehenden zu betrachten. Als jemanden, der die Freude an der Schöpfung neuen Lebens nicht am eigenen Leib erfahren hat und somit per definitionem selbst noch nicht erwachsen war. Jemand, der gut aufpassen musste, nicht in seinem dritten Jahrzehnt hängen zu bleiben. Und auch das war in Ordnung, wirklich, denn gerade die Missbilligung dieser Szenen gab mir eine Identität. Ein paar Jahre lang konnte ich mich an jenen Samstagnachmittagen unter den rosa oder blauen Girlanden unsichtbar machen – mehr oder weniger so, wie ich es auch jetzt tue, indem ich den Blickkontakt mit dieser anderthalbfachen Frau, die mir inzwischen im benachbarten Vierer gegenübersitzt, vermeide. Ich saß die Zeit ab, mit Tess als Puffer: Auch sie fühlte sich auf diesen Feiern nie ganz wohl, wir waren beide nicht gut in Smalltalk und sprachen ungern in größeren Gruppen, aber sie ging unbefangener mit anderer Leute Kinder um und hielt mir dadurch den Rücken frei.

Anschließend fuhren wir mit dem Bus oder dem Fahrrad nach Hause, abgeschreckt von allem, was wir nicht waren und nie sein würden. Wir gingen nach Hause, wo keine Feuchttücher und Mullwindeln benötigt wurden, um all das Chaos und das Unvorhersehbare aufzuwischen, und wo ich Verständnis und eine Mitstreiterin fand, solange auch sie keine emotionale Bindung zum neuen Leben aufbaute, das sich irgendwo an den Rändern ihrer oder meiner Familie angekündigt hatte.

Die Frau sitzt schräg gegenüber auf der Sonnenseite des Zuges. Sie ist schmal. Sie streicht sich ein paar Strähnen aus dem Gesicht, kämmt sich die Haare mit den Fingern zurück und steckt sie mit einer zwischen den Lippen hervorgezauberten Haarnadel hoch. Ein hellblaues Top umspannt ihren Bauch. Zwei Reihen weiter vorn bespricht ein niederländischer Mann mit großen Kopfhörern auf den Ohren telefonisch eine PowerPoint-Präsentation, durch die er sich gleichzeitig auf seinem Laptop klickt. Er will *Targets* festlegen, *Suppliers* gewinnen und *Emissions* kalkulieren.

»Entschuldigen Sie, würden Sie vielleicht …«, fragt die Frau. Sie wuchtet sich hoch und zeigt auf meinen Sitzplatz. Sie sagt, ihr werde schlecht, wenn sie rückwärtsfahre.

Ich nicke. Wir tanzen vorsichtig umeinander herum und setzen uns auf den Platz des jeweils anderen.

Sie kamen immer näher. Es waren keine entfernten Verwandten mehr. Ein Kollege um die dreißig, bei dem ich von einem ähnlich unabhängigen Leben wie meinem ausgegangen war, erzählte plötzlich beim Mittagessen von seinen Kindern – und nicht nur das, er bestand darauf, sein Handy herauszuholen, um auf der Stelle Beweise für die Existenz von Lieke, vier, und Lola, fast zwei, zu liefern. Eine Zeit lang konnte ich den Vorfall noch der christlichen Erziehung des Kollegen und anderer zuschreiben, die das Heiraten und Kinderkriegen weniger lange vor sich herschoben. Bis ich eines Tages einer der besten Freundinnen von Tess die Tür öffnete. Da stand sie, der Kopf ihrer Erstgeborenen schaute aus einem kompliziert zusammengeknoteten Tragetuch hervor. Sie kamen rein, und innerhalb von zwanzig Minuten hatte sich unser ganzer Haushalt an die Dynamik angepasst, die ihm ein zwei Wochen altes Mädchen abverlangt. Die Mutter war eine Mutter, schlagartig, nicht auf die zögerliche Art, die ihr immer eigen gewesen war, sondern mit Leib und Seele.

Vielleicht ist es das, was mir Angst einjagte: wie mühelos sich Menschen verändern können. Dass die Freundin von Tess alles, was ihr Leben davor ausgemacht hatte, zurücklassen musste und damit nicht einmal ein Problem zu haben schien; im Schein dieses neuen Lebens war es offenbar vollkommen bedeutungslos gewesen.

Ist das bei dieser Frau schon passiert? Sie wechselt noch einmal den Sitzplatz und sieht mich plötzlich an.

»Achtunddreißigste Woche«, sagt sie, als hätte ich danach gefragt.

Ich nicke und stoße einen beeindruckten Laut aus, der mir sofort unangenehm ist. Als hätte sie gesagt: Marathon gelaufen.

»Schon alles gepackt?«

»Was meinen Sie?«

»Ich habe gehört, es sollte immer ein gepackter Koffer bereitstehen«, sage ich. »Damit man alles hat, wenn es losgeht.«

»Ja, alles gepackt.«

Der Zug wiegt ihren Bauch hin und her, und sie lässt es geschehen. Sie legt ihre Handflächen auf die Wölbung, betrachtet sie und sagt: »Es ist das erste.« Ihre Mutter wolle nicht, dass sie es zu Hause bekomme. Das Kinderzimmer sei schon blau gestrichen, aber sie hätten das auch so gemacht, wenn es ein Mädchen geworden wäre, es sei einfach eine schöne Farbe, *Snowboard* hieß sie im Baumarkt, und manchmal gehe sie schon rein, in das Zimmer, »und dann weiß ich, dann weiß ich einfach …«. Sie wischt sich mit dem Daumen übers Auge und schweigt lange. Blickt wieder auf ihre Hände und schaut dann nach draußen. Sie beendet ihren Satz nicht. Ihre Atmung ist schwerfällig und flach. Einen kurzen Moment scheint die Elektrizität auszufallen: Das Pusten der Klimaanlage hört auf, Bildschirme mit Reiseinformationen werden schwarz. Dann fährt alles wieder hoch.

»Ich würde die letzte Folie rausnehmen«, sagt der Mann weiter vorn, »du willst ja so oder so, dass sie in die *efficiency measures* investieren.«

»Es hat lange gedauert«, sagt die Frau leise. »Sehr lange.« Sie lässt die Augen geschlossen.

Natürlich hatten auch wir mindestens zwei Schlafzimmer angegeben, als wir zum ersten Mal einem Makler gegenübersaßen. Danach betraten wir bei jeder Besichtigung zuerst das kleinere der beiden Zimmer und sprachen wie von selbst etwas leiser. Natürlich war das der logische nächste Schritt, wenn wir unser Leben weiter entlang der heteronormativen Messlatte entlanghangeln wollten.

Wir kauften eine zweistöckige Dachgeschosswohnung im Stadtteil Tuinwijk. Das zweite Schlafzimmer nannten wir Gästezimmer. Dort deponierten wir alles, was im Rest der Wohnung keinen sinnvollen Platz fand: ein Einzelbett mit einer fransigen grünen Tagesdecke, einen alten Fernseher, ein niedriges Schränkchen mit DVDs, einen Schlitten, eine Kiste mit Farbtöpfen, -rollen und Maßbändern, ein Bügeleisen, einen Wäscheständer und in die Ecke übrig gebliebene Tapetenrollen, die Tess für Skizzen verwenden konnte.

Kinder? Jahrelang sprachen wir darüber wie über eine Reise, die wir irgendwann noch machen wollten.

Es kam anders.

An einem Sonntagabend radelten wir nach Hause. Wir hatten bei ihren Eltern gegessen, in einem anderen Stadtteil.

Tess sagte: »Meine Mutter denkt, dass ich unfruchtbar bin.«

Wir waren gerade von der Straße in den Majellapark eingebogen.

Ich blickte zur Seite. »Woher weiß sie das?«, fragte ich. Korrektur. »Wie kommt sie darauf?«

Ihre Mutter hatte sie am Ende des Abends – wir hatten schon unsere Jacken an – darum gebeten, kurz mit nach oben zu kommen. »Ich auch?«, hatte ich gefragt, von der ernsten Situation verunsichert. Sie kniff ihre Augen gutmütig zusammen, legte die Hand an den Ellbogen ihrer Tochter und sagte: »Nur wir beide.«

»Sie übertreibt«, sagte Tess auf dem Fahrrad, aber sie sah mich nicht an. Ihr Blick war starr nach vorn gerichtet. »Sie denkt das einfach nur.«

Das verstand ich nicht. »Was hat sie denn gesagt?«

»Dass sie …« Sie dachte lange nach.

Ich kann mich an keinen einzigen Moment des Unbehagens oder der Anspannung in den ersten Jahren unserer Beziehung erinnern. Kein Schweigen, das wir mit Worten füllen wollten, keine Verlegenheitsfragen, um ein Gespräch am Laufen zu halten, keine Berührungen oder Blicke, die mehrere Interpretationen zugelassen hätten und auf die ich mir schnell eine passende Reaktion hätte einfallen lassen müssen, der nächste Zug in einem sozialen Schachspiel. Sie hatte meine Hand genommen, an jenem Samstag in Amelisweerd, und es war augenblicklich so, als hätte ich sie schon seit Jahren gekannt. In den Wochen und Monaten nach unserer Begegnung schienen wir beide eine unerschöpfliche Menge an Geschichten, Erfahrungen, Meinungen und Gedanken zu haben. Was auch immer ich erzählte, es führte zu einer neuen Assoziation bei ihr, zu etwas, das sie noch nicht geteilt hatte, und dorthin nahm sie mich mit, wie man jemanden zu einem besonderen Ort mitnimmt, um den Sonnenaufgang zu erleben. Wenn sie mir zuhörte, hielt sie den Kopf leicht schräg, und manchmal sagte sie dann in einem Tonfall »Ja«, der das Gesagte zu bestätigen schien – genau, so war das –, auch wenn sie das gar nicht wissen konnte. Hin und wieder kam es sogar vor, dass sie meine Geschichte übernahm, nicht besserwisserisch oder übertönend, sondern aus einer unglaublichen Neugier heraus, mit der sie sich die Geschichte so sehr zu eigen machte, dass ich mir manchmal nicht mehr sicher war, ob ich es ihr erzählte oder sie mir.

Mittlerweile hatte sich das verändert. Bei schwierigen Gesprächen schaffte Tess es, minutenlang nichts zu sagen, und das irritierte mich. Wenn ich sie zu drängen versuchte, sie daran erinnern wollte, dass da noch ein halber Satz in der Luft hing, kam sie mir immer zuvor: »Ich denke gerade nach.« Sie wog ihre Worte ab. Überlegte, ob sie sie versöhnlich oder kämpferisch auf mich loslassen sollte. Ich wusste, dass mir nichts anderes übrig blieb, als zu warten. Schweigend fuhren wir weiter. Es war gegen neun Uhr, aber die Sonne war noch nicht untergegangen. Die Backsteine der Reihenhäuser aus den Dreißigerjahren färbten sich goldbraun.

»Als sie selbst Anfang zwanzig war«, fing Tess an, als würde sie in ihrem Kopf gleichzeitig die nächsten Sätze bauen, »wurde bei ihr eine Anomalie entdeckt, die die Chance auf eine Schwangerschaft verringern konnte. Es lief darauf hinaus, dass sie immer seltener ihre Menstruation bekam. Und wenn das so weitergegangen wäre …«

Sie fuhr in einer schmalen Gasse kurz vor mir her, wir ließen den Kreisverkehr an der Ulu-Moschee hinter uns und radelten unter den Gleisen durch. In der Unterführung hing neben einem Werbeplakat für eine Studentenparty im Konzertgebäude Tivoli ein Poster mit der anonymen Warnung THE END IS NEAR.

»Na ja«, sagte sie – und ich bemerkte, wie sie versuchte, gelassen zu klingen. »Sie haben mich ziemlich früh bekommen. Sieh nur, es gibt mich. Also war sie damals offensichtlich nicht unfruchtbar. Aber danach wurde sie nicht mehr schwanger. Nicht, dass sie es aktiv versucht hätten, doch sie haben auch nicht versucht, es zu verhindern.«

An der Ampel am Amsterdamsestraatweg, zwischen den Motorrollern und den Studierenden, schwieg sie. Ich dachte zurück an einen Moment vor ein paar Monaten. Es war Mitte Oktober, noch ungewöhnlich warm, und auf dem Neudeplatz bevölkerten Sonnenbrillenträger die Cafés und Kneipen, während der winterliche Krapfenstand schon auf der anderen Seite aufgebaut worden war. Es sah so aus, als hätte jemand die Fotos von zwei Jahreszeiten aneinandergeklebt. Den ganzen Nachmittag wurde ich den makabren Gedanken nicht mehr los, dass dieser Himmelskörper in gewisser Weise unfruchtbar geworden war. Nicht mehr fähig, neues Leben großzuziehen.

Nachdem wir die Kreuzung überquert hatten und links abgebogen waren, sprach sie weiter: »Aber gut, bei meiner Mutter ist eben hängen geblieben, dass der Arzt gesagt hat: Es kann mit jedem Jahr schwieriger werden. Und es kann erblich sein.«

Ich fragte: »Wie groß ist die Wahrscheinlichkeit?«

Sie zuckte mit den Schultern. »Das Zeitfenster schließt sich einfach langsam, denke ich.« Sie presste instinktiv ihre Knie zusammen.

»Ich meinte eher eine Prozentzahl.«

»Ich habe keine Prozentzahl für dich, Robin.«

»Du bist jetzt sechsundzwanzig.«

»Das weiß ich.«

»Nein, ich meine nur …«

»Ja. Ich bin älter, als meine Mutter war, als sie mich bekommen hat.«

An jenem Abend lagen wir wach, unter einem leichten Laken, und obwohl wir es nicht aussprachen, wusste ich, dass wir beide die unerbittliche Hand der Zeit spürten.

Die Frau holt noch einmal lange und tief Luft, als müsste sie eine Blockade in ihren Atemwegen überwinden. Tess hat noch nicht zurückgeschrieben. »Das hängt davon ab«, sagt der Mann weiter vorn, »was deine Message sein soll. Der Ausstoß muss ohnehin runter.«

Ich lege mein Smartphone wieder weg. »Im Krankenhaus«, sage ich zu ihr, bevor ich mir darüber ganz im Klaren bin, »gibt es bestimmt eine bessere Klimaanlage.«

Sie nickt, lacht ein bisschen. »Ich hoffe es.« Sie reibt sich in schnellen, kurzen Bewegungen über den Bauch, als wäre es an der Zeit, dass er wach wird. »Aber da bleiben wir ja nicht, richtig? Irgendwann müssen wir wieder raus.«

Ich stimme ihr zu – natürlich, sage ich und hebe wegen der unüberlegten Bemerkung entschuldigend meine Hand.

Sie winkt freundlich ab, und mir fällt auf, wie dieses Thema sich seit ein paar Jahren in jedes Gespräch einschleicht. Dass es mittlerweile überall hereingezogen ist, wie der Geruch von Rauch.

Wir kannten die Fakten bereits, in jenem Frühling, als wir wach lagen und nachdachten und es manchmal so wirkte, als lauschten wir beide, ob in ihr eine Tür ins Schloss fiel. Wir kannten die Fakten. Die Daten, die Berichte, die Prozentzahlen, die Wahrscheinlichkeitsrechnungen. Wir wussten es. Früher war ich geneigt zu denken, dass die Elemente auf unserer Seite sind. Dass sie gemocht werden wollen. Der Wind bläst mal etwas vom Tisch, der Regen macht mal nass, die Sonne drängt sich einem etwas zu begeistert auf. Was sollte daran gewaltsam sein? Doch jetzt wussten wir alle Bescheid, und es gab kein Zurück mehr. Die Ozeane hatten die erste unverhältnismäßige Hitzewelle aufgefangen und bei den Korallenriffen die weiße Flagge gehisst. In Kasachstan fielen zweihunderttausend Saiga-Antilopen tot um, weil die übermäßige Hitze und die Luftfeuchtigkeit in jedem Exemplar durchweg friedliche Bakterien aus den Atemwegen hatte entwischen lassen, die sich über den Blutkreislauf Zugang zu Leber, Nieren und Milz verschafft hatten. Eines Morgens spaltete sich in Botswana ein berühmter, Tausende Jahre alter Affenbrotbaum und fiel auf den ausgetrockneten Boden. Orkane mit Boomer-Namen jagten über die karibischen Inseln, Puerto Rico und Texas hinweg. Jedes Jahr wurde das wärmste Jahr aller Zeiten.

Wer noch imstande war zu leugnen, leugnete. Ein amerikanischer Senator brachte heimlich einen Schneeball mit in den Kongress: sein Beweis dafür, dass es arrogant war zu glauben, wir könnten den Planeten eigenmächtig zugrunde richten, solange uns der Allmächtige von oben zusah. Der Rest von uns zwängte sich hartnäckig durch die schmale Öffnung, die zwischen Totschweigen und öffentlicher Panik übrig blieb: eine unbeteiligte Einsicht, nur um danach schnell wieder zu dem zurückzukehren, was unsere Psyche zu Unrecht als relevanter und greifbarer erachtete.

Auch Amelisweerd war nicht zu retten. Im gleichen Frühjahr wurden die Regierungspläne zum Ausbau der Autobahn veröffentlicht. Es mussten-sollten vierzehn Fahrstreifen nebeneinander entstehen, wofür noch mal so viele Bäume geopfert würden wie zu Beginn der Achtzigerjahre, in dem Bestreben, die amtlich festgelegten Fahrzeitnormen heiligzusprechen und ein paar Minuten früher bei unserem Untergang anzukommen. Seit dem Protesttag waren in den Niederlanden gut zweitausend Kilometer Asphalt dazugekommen. Keinen Meter davon hatten ich, mein Vater oder wer auch immer verhindern können.

Auch daran dachte ich, als wir zusammen wach lagen. Aber das sagte ich nicht.

Die schwangere Frau erklärt, sie müsse gleich aussteigen und wolle schon mal aufstehen. »Dürfte ich Sie vielleicht um etwas bitten?«, fragt sie. »Könnten Sie mir den Koffer raustragen?«

Also begleite ich sie. Ich ziehe den dunkelvioletten Koffer aus dem Gepäckregal und gehe vor ihr zum Ausgang. Wir laufen an den leeren Plätzen vorbei, sind ein klitzekleines bisschen schneller unterwegs Richtung Duisburg als der Rest der Fahrgäste.

Vor der Tür warten wir, ohne etwas zu sagen.

Ich halte den Griff des Koffers immer noch fest. Die Frau reibt sich wieder über den Bauch. Eine unbewusste Angewohnheit. Ob das Baby es spürt? Bewirkt diese Geste schon etwas? Ich denke an Tess' Freundin, die während ihrer Schwangerschaft behauptete, sie habe spüren können, wie sich der Fötus mit dem Hintern zu ihren Händen drehte, wenn sie fest genug streichelte.

Ich schaue durch das schmale, ovale Fenster in der Zugtür nach draußen. Wiesen, Landhäuser, Bäume, Elektrizitätseiffeltürme, eine Kirche, ein Gartencenter, Gewächshäuser, eine Baumschule, ein Wohnwagenhandel, Feldwege,

Kühe, ein Industriegebiet mit großen Containern von Maersk. Beim Zugfahren sieht man die Welt, wird oft behauptet, aber man sieht nie alles. Nur das, was von Natur aus an den Gleisen liegt oder wodurch sich die Gleise einen Weg gebahnt haben. Wir wissen nichts von dem, was wir nicht zu sehen bekommen, und genauso wenig wissen wir, ob wir lieber dort wären als hier.

Mein Telefon vibriert, doch es ist keine Antwort von Tess. Sondern eine Mailboxnachricht. Ich spiele sie ab und höre, wie mein Vater einen Namen ruft, der mir nichts sagt, und dann höre ich einen Schlag.

»Ich habe niemanden angerufen«, sagt er, als ich ihn zurückrufe. Die Verbindung bricht beinahe ab. Die schwangere Frau sieht mich besorgt an. Vielleicht hört sie mit. Die lautstarke Ankündigung von Duisburg vergrößert die Distanz zu meinem Vater.

Die Verbindung ist wieder stabil. Jetzt ist meine Mutter dran.

»Schon gut, Robin«, sagt sie. »Alles in Ordnung. Wir werden jetzt – warte mal –, wir werden gleich was essen.« Sie entschuldigt sich und legt auf, bevor ich etwas sagen kann, als wollte sie sich aus dem Staub machen, nachdem ich sie bei etwas Obszönem erwischt habe.

»Stimmt etwas nicht?«, fragt die Frau.

In jenem Frühling kam alles zusammen.

Amelisweerd beanspruchte immer mehr von meiner Zeit. Die genauen Bauvorhaben für den zusätzlichen Asphalt im Naturgebiet waren gerade bekannt gegeben worden. Mit ein paar Gleichgesinnten, manche noch aus der Generation meines Vaters, formulierte ich eine Beschwerdeschrift. Wir planten neue Protestaktionen und baten Künstler und Kreative aus Utrecht darum mitzumachen. Ich arbeitete einen Tag weniger pro Woche.

Eines Mittags nahm ich die Pläne für den Autobahnausbau mit zu meinem Vater. Uns blieben nur noch ein paar Tage. Die Gemeinde und die Provinz Utrecht, beide ebenfalls gegen den Ausbau, waren über ein hinterlistig angewandtes Notgesetz von der Entscheidung ausgeschlossen worden. Es blieb also nur noch der Protest von Bürgerinitiativen wie unserer. Falls nötig, würden wir einen Prozess bis zum Obersten Gericht anstreben.

»Also«, sagte ich. »Sie wollen sie wieder ausbauen.«

Mein Vater war in den letzten Jahren wortkarger geworden. Manchmal schaute er ziellos umher, auf der Suche nach Seiten von sich, die abgebröckelt waren. In anderen Momenten war er wieder total klar. »Du glaubst wohl, ich sei zynisch geworden?«, sagte er und erhob die Stimme, was ungewohnt für ihn war. Er hatte aus der Küche zwei leere Kaffeetassen mitgebracht, die er jetzt auf den rechteckigen Esstisch stellte.

»Nein«, sagte ich. »Das glaube ich nicht.« Wir saßen im Wohnzimmer vor dem Bücherregal, in dem auf Augenhöhe die Jahrgänge *Reader's Digest* standen, die ich früher als mysteriöse Bücher mit verblassten Rücken und verschlüsselten Texten angesehen hatte. Im Laufe meines Aufwachsens hatten sie aber immer mehr Wissensbrocken preisgegeben, die ich mit mir Bekanntem verknüpfen konnte und die in mir eine Vorliebe für Fakten und den Verlauf der Geschichte geweckt hatten.

Ich merkte, wie müde ich war. Tess und ich hatten bis tief

in die Nacht geredet. Ich wollte ihm nicht widersprechen. Ich legte meine Hände auf den Papierstapel, den ich mitgebracht hatte. »Obwohl, na ja, manchmal denke ich das schon.«

Er lachte, warm und echt, plötzlich fast nicht wiederzuerkennen. »Hör zu, Junge«, sagte er. »Manchmal glaube ich auch, dass ich zynisch geworden bin. Aber ich bin nicht zynisch. Ich weiß, was möglich ist, und was nicht.« Er legte seine linke Hand auf meine, ich betrachtete die dunklen Härchen auf seinen Knöcheln, zwei Finger zitterten leicht. Dann stand er auf.

»Erst mal Kaffee?«

Mit den neuen, immer konkreter werdenden Asphaltplänen hatte er sich bisher kaum beschäftigt. Wenn das Thema aufkam, sprach er meistens darüber, als handle es sich um einen längst verlorenen Krieg.

Ich hatte mich besser eingelesen. Ich konnte jedem, der es hören wollte, alles über die rechtlichen Möglichkeiten erklären, die uns noch blieben, über die Mobilitätsstudien, die die Nutzlosigkeit des zusätzlichen Asphalts aufgezeigt hatten, über Investitionen in den öffentlichen Nahverkehr als bessere Alternative, über den Wert von Grünflächen für das menschliche Wohlbefinden. Ich hatte das Gefühl, den dickköpfigsten Autofahrer innerhalb von zehn Minuten umstimmen zu können. Wenn es darauf ankäme, würde ich auch eine Woche lang in einem Baumhaus ausharren.

Und dennoch. Ich mochte zwar seinen Platz eingenommen haben, aber das hieß nicht, dass ich meinen Vater nicht mehr brauchte. An diesem Tisch war ich der elfjährige Junge, der versucht hatte, sich auf dem Dachboden hinter den

Gartenstuhlkissen unsichtbar zu machen, nachdem er in einer Zeitschrift seines Vaters gelesen hatte, was ein Atomkrieg anrichten könnte. Es lag ein gutes Jahrzehnt zurück, dass das zuletzt ein realistisches Szenario gewesen war – die Mauer war gefallen, der Kalte Krieg vorbei –, doch bevor ich die nüchterne, in einem Infokasten präsentierte Erklärung gelesen hatte, war mir dieses ganze Prinzip noch nie zu Ohren gekommen. Aus meiner Perspektive war die Wahrscheinlichkeit, dass so etwas passieren würde, also innerhalb kürzester Zeit enorm gestiegen. Bis zu dem Tag war ich davon überzeugt gewesen, ohne je wirklich darüber nachgedacht zu haben, dass sich der Mensch nicht selbst ausrotten konnte.

Zum ersten Mal war die Angst, die ich damals gespürt hatte, wieder da. Die Versuche, die Rodung von Hunderten von Bäumen zu verhindern, halfen wenigstens gegen das Gefühl der Machtlosigkeit.

»Ich bin zuversichtlich«, drang es aus der Küche.

Er kam zurück und setzte sich. Immer noch kein Kaffee.

Hin und wieder sah ich in ihm noch die Überbleibsel des verbissenen Idealisten, zu dem ich mittlerweile selbst geworden war. Ich erkannte bestimmte Gesichtszüge. Aber ich verschwand aus ihm, oder er aus mir.

»Du hast sie dir noch gar nicht angesehen«, sagte ich, und zeigte auf die Papiere.

»Nicht nötig«, sagte er. »Ich weiß es. Alles wird gut.«

»Schau sie dir doch mal kurz an.«

So lief es ab. Ich sagte: Schau sie dir doch mal kurz an. Ich ging in die Küche, wo die leeren Kaffeetassen immer noch auf der Anrichte standen, und beschloss, mich selbst darum zu kümmern. Ich hielt die Kaffeedose in den Händen, als ich den Zettel über der Kaffeemaschine entdeckte.

Die großzügige, runde Handschrift meiner Mutter. *Filter oben rein. Kaffee in den Filter. Zumachen. Eventuell Wasser nachfüllen. Roter Knopf. Ruf mich an, wenn es nicht klappt. Alles Liebe.*

Mein Vater saß am Tisch und starrte vor sich hin.

Es gibt viele Situationen, in denen ich es unkommentiert gelassen hätte. Ich hätte so getan, als hätte ich nichts gesehen. Ich kommentierte es, weil ich es einfach nicht verstand. In der halben Minute nicht alle Puzzleteile zusammensetzen konnte, um es zu begreifen.

Ich nahm den Zettel mit und zeigte ihn ihm. Ich fragte: »Wofür ist der?«

Das Aufblicken, das Aufstehen, eine mir fremde Bedrohung, der Schritt und dann der Schlag. Noch sehr lange nach jenem Nachmittag wusste ich nicht, was genau passiert war. Außer, dass mein Vater mich geschlagen hatte. Er hatte mich noch nie geschlagen. Er hatte sich von seinem Stuhl erhoben, fast mechanisch, gesteuert von etwas, das ich ebenso wenig wiedererkannte wie sein warmes Lachen einige Minuten zuvor, er hatte einen Schritt nach vorn gemacht, sich nach hinten gedreht und ausgeholt, richtig ausgeholt. Nicht, um mich zu treffen, sondern – überlegte ich später, nachdem ich die Szene mehrmals zurück- und wieder abgespult, nachdem meine Zunge immer wieder die Stelle abgetastet hatte, an der der Zahn sich halb in die Lippe gebohrt hatte, das zurückgebliebene Gefühl einer lokalen Betäubung – um mich verschwinden zu lassen, mich auszuschalten.

Und sogar jetzt ist da, wenn ich zurückdenke, weder Angst noch Schmerz, nicht einmal Wut. Es ist die Ohnmacht in seinen Augen, während er mich schlug, die ich nicht abschütteln kann. Die verirrte Haltung seines Körpers, wie er dastand, vom einen auf den anderen Moment völlig erschöpft. Er hatte mich geschlagen, und er hatte Angst.

Als ich nach Hause kam, lag Tess auf dem Sofa.

Es war halb zehn. Die Weingläser vom letzten Abend standen noch auf dem Beistelltisch, neblig rot neben einer Schale mit Oliven. Weil die Hebamme nicht mehr kam und der Freund wieder arbeiten musste, hatte sie ihrer Freundin den ganzen Tag geholfen. Alle riefen immer Tess an. Sie hatte das Talent, in jedem Raum der stabile Faktor zu sein, hatte eine selbstverständliche und beruhigende Präsenz, war eine Mitbewohnerin überall dort, wo sie auftauchte.

Ich stellte die Tasche mit den bleischweren Regierungsbeschlüssen gegen ein Stuhlbein, fühlte mich aber nicht erleichtert. Sie seufzte, schloss ihre Augen, um mich nicht sehen zu müssen, und sagte: »Ich fürchte, ich bekomme eine Migräne.«

Ich fragte, ob ich ihr etwas bringen könne, und sie sagte: »Einen kalten Waschlappen.«

Ich stieg die Treppe hoch. Der Freundin hatte sie ihre Unterstützung gegeben, und ich bekam eine ausgewrungene, hilfsbedürftige Version zurück, die keine Energie mehr hatte, mir zuzuhören.

Aber was hätte ich sagen sollen? Was war da eigentlich passiert? Ich wurde daraus selbst noch nicht schlau. Ich hatte mich an seinem gekrümmten Rücken vorbeigeschlängelt, um meine Sachen zu packen, und er hatte noch etwas gestammelt, als ich mich kurz angebunden verabschiedete. Es kam mir so vor, als hätte er schon teilweise vergessen, was er gerade getan hatte, als hätte er es mit all seiner Willenskraft aus dem Gedächtnis radiert. Und selbst wenn sich dieser Vorfall irgendwie doch noch in sein degenerativ verändertes Langzeitgedächtnis einnisten sollte, war ich fest davon überzeugt, dass er es nie wieder ansprechen würde.

Das bedeutete in gewisser Weise, dass ich darüber entschied, ob es passiert war oder nicht. Und wenn es nicht passiert war – die Erkenntnis, diese Entscheidung eigenständig fällen zu können, gab mir ein merkwürdiges Machtgefühl, als könnte ich zeitreisen –, dann würde er noch eine Weile verschont werden. Die Zeichen des geistigen Verfalls waren deutlich erkennbar, aber in diesem speziellen Fall konnte ich sie ohne Gewissensbisse ignorieren.

Außerdem brauchte Tess mich jetzt. Von mir wurde eine konkrete Handlung erwartet. Ich ging in unser beengtes Schlafzimmer. Es wirkte so, als hätte das offene Fenster jeglichen Sauerstoff aus dem Raum gesogen, dabei war es erst Frühling. Ich nahm einen ockerfarbenen Waschlappen aus dem Schrank, hielt ihn im Badezimmer ein paar Sekunden unter das kalte Wasser und ging wieder runter.

Wenn sich schon alles andere veränderte, konnte das hier noch eine Zeit lang so bleiben. Das eigentümliche Knarzen der Türschwelle, dieses Wohnzimmer, die grob gewobenen Fasern des Sofabezugs, ihre schmalen Knöchel.

Sie faltete den Waschlappen zusammen und legte ihn sich auf die Stirn.

Sie sagte: »Ich bin so froh, dass wir keine Kinder haben.«

Das hatte sie noch nie so deutlich formuliert.

»Willst du keine Kinder?«

Sie schwieg lange. So lange, dass ich mir mal wieder nicht sicher war, ob sie mich gehört hatte und ob sie überhaupt das gesagt hatte, was ich glaubte, verstanden zu haben.

»Jetzt nicht«, sagte sie.

»Ich auch nicht«, sagte ich. Es tat gut, es so direkt auszusprechen.

Sie richtete sich etwas auf und spähte unter dem Waschlappen hervor.

»Es wäre nicht fair«, sagte ich.

Ich sah, wie das letzte bisschen Energie aus ihr herausströmte. Sie musste sich in einen dunklen Raum legen. Sie sagte: »Es geht nicht bergauf, oder?«

»Nein, es geht nicht bergauf.« Ich schaffte es lediglich, ihre Worte zu wiederholen.

An den Fahrradständern in der Straße hatte ich ein paar Tage zuvor eine Zigarettenschachtel gefunden, auf der ein Foto von einer durch die Chemotherapie kahl gewordenen, ausgemergelten und entmenschlichten Person abgebildet war – mit leeren Augen und einem Schlauch in der Nase. Auf der Seite stand: RAUCHEN IST TÖDLICH. Die Packung war leer.

Es war plötzlich so deutlich und allgegenwärtig. Uns blieb noch eine Chance von fünf Prozent, fünf Prozent, um einen Autogenozid zu verhindern. Doch wir machten einfach weiter wie gehabt.

Sie stand auf, um ihr Migränemedikament zu suchen, und kam mit einem halb gefüllten Glas Wasser und einer blauen Packung Rizatriptan zurück. Gleich würde sie betäubt und benommen sein. Sie würde langsam aus ihrem Körper verschwinden. Einmal hatte ich sie mit viel Mühe stützen müssen, als sie, nach einem Anfall und dem Versuch, ihn mit Rizatriptan aufzuhalten, bei einem Umstieg am Flughafen in Ho-Chi-Minh-Stadt vor lauter Schwindel taumelte. Erst eine Stunde nach Abflug schob sie ihre Schlafmaske hoch, und ich sah wieder etwas Leben in ihren Augen.

»Was denkst du gerade?«, fragte ich.

Ein kleines Zucken ihrer Schultern.

»Ich glaube, du wärst ein guter Vater«, sagte sie. »Das dachte ich immer.«

Ihre Stimme zitterte. Sie sah mich an und sah wieder weg. Sie presste die Lippen zusammen und holte tief Luft. »Ja. Das denke ich. Seit Jahren denke ich: Eines Tages sehe ich, wie Robin als Vater ist.«

Das Zimmer wurde riesengroß und wir sehr klein.

»Und was siehst du dann?«

»Dass du ihn festhältst, glaube ich. Dass du ihn hochhebst.« Aus irgendeinem Grund sprach sie von »ihn«, als wüsste sie das einfach. Sie sagte: »Er ist anderthalb und kann schon laufen. Er lehnt sich an deine Beine und will hochgehoben werden. Also hebst du ihn hoch. Und er hält sich an dir fest. Und dann würde ich deine Augen und deine Nase und deinen Mund betrachten und etwas ganz Sanftes erkennen. Etwas, das ich jetzt auch ab und zu sehe, aber dann wäre es echter. Als hättest du sehr lange darauf gewartet.«

Ich sagte, ich hätte früher auch manchmal daran gedacht.

Sie fragte: »Und ist das jetzt weg?«

Ich konnte ihr keine Antwort geben, die nicht geschmerzt hätte. Aber: Ja, das Bild war langsam verblasst. Zur Unmöglichkeit erklärt und deshalb – aus Selbstschutz – abgestoßen worden.

Wir hatten es getan. Wir hatten nicht einmal bis zum letzten Moment gewartet, um dann, endlich, einzugreifen. Eine wesentlich gefährlichere Zukunft für unsere Kinder: Wir wussten, was wir taten, und wir hatten es so weit kommen lassen.

Ich stand auf. Ging ein paar Schritte, machte Anstalten, die Weingläser in die Küche zu bringen, überlegte es mir aber anders und setzte mich wieder. Ich berührte ihre Wade.

»Ich möchte, dass er unser Leben haben kann«, sagte ich. »Aber alle, die Ahnung davon haben, sagen …«

»Ich weiß, was sie sagen«, unterbrach sie mich scharf. »Das möchte ich mir jetzt nicht anhören.«

Schwankend, aber mit entschlossenen Schritten ging sie aus dem Raum und die Treppe hoch. Ich hörte, wie die Schlafzimmertür zufiel. Ich wartete eine Weile. Dann folgte ich ihr nach oben. Vorsichtig öffnete ich die Tür, legte mich neben sie aufs Bett und versuchte, an ihrer Atmung zu erkennen, ob sie schlief.

Sie schlief nicht. Sie suchte meine Hand und drückte sie.

»Ich will mit dir zusammen sein«, sagte sie, die Augen geschlossen. »Ich will bei dir bleiben.«

So lagen wir da. Sie atmete tief ein und aus im stillen Zimmer. Wir würden zu zweit bleiben. Wir würden noch viel öfter den Bus oder das Fahrrad nach Hause nehmen, wissend, dass dort niemand auf uns wartete.

Tess klingt kurz angebunden in der Sprachnachricht, die sie geschickt hat und die ich mir anhöre, während Duisburg auf der anderen Seite der Tür zum Stillstand kommt. Sie dauert zwölf Sekunden.

Die Veranstaltung fange um drei Uhr an, sagt sie, und sie sei fast da. »Bis morgen also«, sagt sie zum Abschied. »Ich bin am späten Nachmittag wieder zu Hause.«

Den Oberkörper nach hinten gelehnt, klettert die Frau aus dem Waggon, eine Hand unter dem Bauch. Während sie verschnauft, stelle ich den Koffer auf den Bahnsteig. Ich steige wieder ein und frage, ob sie jetzt allein zurechtkomme. Es fühlt sich so an, als hätte ich sie von Bord geworfen. Demütig nickt sie aus der Tiefe.

Der Niederschlag von zwei Monaten fiel innerhalb von zwei Tagen. In Hilden, Solingen und Opladen, einem Dreieck deutscher Städte und Dörfer, um das wir jetzt gezwungen sind, einen Bogen zu machen, wurden Menschen im Schlaf überrascht. Das Wasser kam runter und stieg danach wieder aus den Flüssen und den Abwasserkanälen empor, saugte das Leben aus den Böden und ließ sich auflösende Körper zurück wie gärendes Obst. Unterdessen wurden große Teile Chinas von den stärksten Regenfällen der letzten tausend Jahre überflutet, wurde der seit achtzig Jahren in Kanada gehaltene Hitzerekord plötzlich um fünf Grad übertroffen – etwas, das sich kein einziger Wissenschaftler erklären konnte, gerade das war so beängstigend – und in Oregon, an der Westküste der USA, nahm ein Waldbrand dermaßen große und heiße Ausmaße an, dass Ursache und Wirkung nicht mehr zu unterscheiden waren. Das Wetter bestimmte nicht länger, was das Feuer machte, das Feuer bestimmte, was das Wetter machte.

Jeder Sommer serviert uns einen eigenen Katastrophencocktail, und es ist erst sein dritter Juli. Er muss noch so viele mitmachen.

In ein paar Minuten erreichen wir Köln. Die Sonne scheint, der ICE rast, ohne zurückzublicken, an kleinen

Bahnhöfen vorbei, und Mats fragt immer wieder nach seiner Mutter, *wo ist Mama jetzt, wo ist Mama jetzt,* als wollte er die Wörter so lange probieren, bis sie keinen Geschmack mehr haben. Er sieht sich um und sagt: »Papa muss auch suchen.«

»Ich weiß, wo sie ist, Mats. Wir fahren zu Mama.«

Er hmmmt, ein leises Jammern, lässt die Schultern hängen und bricht die Suche ab. Es ist kurz vor halb zwei. Er ist müde. Ich sehe es an seinen Augen und streichle ihm über den Rücken.

Der Zug bremst ab, das kreischende Geräusch der Räder, die versuchen, die Gleise zu greifen, und dann eine weibliche, roboterartige Stimme, die gedämpft und kaum verständlich über andere Züge auf anderen Bahnsteigen informiert, im nüchternen Stakkato-Singsang, mit dem der Zwischenstand eines Radrennens fürs Protokoll wiederholt wird.

Köln. Wir haben achtundzwanzig Minuten zum Umsteigen.

Ich stehe auf, hieve den Rucksack auf meinen Rücken und strecke die Arme nach ihm aus.

»Kommst du mit?«

Während der Zug in den Bahnhof rollt, gehen wir durch die geöffnete Schiebetür zum Ausstiegsbereich. Gemeinsam warten wir darauf, dass die Überdachung des Kölner Hauptbahnhofs den Zug in ihrem Schatten empfängt und wir die Augen nicht mehr wegen der Sonne zusammenkneifen müssen.

Wenn ich ihn trage, erscheint alles andere weit weg. Dann wirkt es so, als könnte ich die Vaterschaft festhalten. So wie jetzt, wenn ich ihn an mich drücke, während der Zug anhält, die Türen sich zischend öffnen und ein zusätzliches, schmales Trittbrett ausgefahren wird, um die Lücke zwischen Zug und Bahnsteigkante zu schließen, seine blonden Haare an meiner Wange, das gezielte, instinktive Anschmiegen. Dieses grenzenlose Vertrauen bestand seit der ersten Nacht zu Hause, als die schweren Krankenhaustage hinter uns lagen, der Arzt zweimal »knappe Kiste« gesagt hatte und ich mitten in der Nacht versuchte, wach zu bleiben, damit das Baby auf meiner Brust schlafen konnte, unregelmäßig seufzend und schnaufend, praktisch mit allem fremd, was außerhalb der Gebärmutter existiert, außer mit mir und mit ihr.

Wie soll man das behalten? Wie lässt sich das in einem allumfassenden, gut sortierten und nutzerfreundlichen Archiv der Vatergefühle aufbewahren?

Auf dem Bahnsteig ist nicht viel los. Die Schattengrenze ist grell. Die Luft ist warm und drückend. Ein Mann mit kurzer Hose, Sonnenbrille und Baseballcap, augenscheinlich Amerikaner, wartet geduldig, bis wir ausgestiegen sind, zwinkert mir zu und sagt: *»Nice, Dad.«*

Während die Dinge geschehen, bin ich schon damit beschäftigt, wie ich mich an sie erinnern werde. Wie es gelingt, sie nicht zu vergessen, wie ich Tess davon erzählen werde, wenn ich sie heute Abend sehe. Das Leben bewegt sich vorwärts. Wo ich danach taste, ist es nicht mehr.

Vorsichtig steigen wir auf die Rolltreppe, die in eine unter den Gleisen gelegene, weiß geflieste, breite Bahnhofshalle führt. Ich stelle ihn auf eine der Stufen und gehe in die Hocke, um auf gleicher Höhe zu sein.

»Bist du müde?«

Er nickt völlig erledigt. Wir gleiten zwischen Koffern und Kniekehlen hinab. Ich verliere ihn. Wie schaffe ich es, ihn nicht zu verlieren? Ich lebe nur in der Wiederholung und er nur im Jetzt. Wo können wir einander finden?

Er sagt, er habe »Hummer«.

»Okay, kleiner Mann.« Ich verspreche ihm, dass wir was zu essen kaufen, ich sage, ich müsse herausfinden, wo ich seine Windeln wechseln könne und dass der nächste Zug in fünfundzwanzig Minuten komme. Ein Kind bietet auch ein gutes Alibi, um in der Öffentlichkeit mit sich selbst zu reden.

Eine Frau rennt mit einem großen fahlroten Rollkoffer, der kaum mit ihr Schritt halten kann, durch die Bahnhofshalle. Eine Gruppe Jungen macht sich so breit wie möglich, um sie absichtlich zu behindern. Sie rempelt den Jungen ganz rechts an, er schubst sie in einem Reflex. Sie stolpert in unsere Richtung und schimpft, hat einen Schuh verloren. Schnell zieht sie ihn wieder an, flucht noch mal, ihre Stimme hallt unheimlich an uns vorbei. Ich halte eine kleine, feuchte, klammernde Hand. Zögerlich folgt er mir, mit jedem Schritt verschwindet er weiter hinter meinen Beinen.

Da: das Piktogramm eines Mannes in blauem Rahmen – doch das ist nur der Aufzug. Wo sind die Toiletten? Uns bleiben noch etwas mehr als zwanzig Minuten. Er fängt an zu weinen und versucht, mich in eine andere Richtung zu ziehen.

Vielleicht war es keine gute Idee, ihn mitzunehmen, aber zu Hause bleiben war keine Option. Da hast du den Salat, will ich jemanden anschnauzen, jemanden, der mich hierzu gezwungen hat, aber ich weiß nicht, wen. War es Tess? Kurz beschließe ich, den nächsten Zug zurückzunehmen. Ich will nicht improvisieren. Dunkin' Donuts, Starbucks. Ein Spielzeuggeschäft neben Hunkemöller. Ausgang, Notausgang. Eine wachsende Unruhe, die sich über meine Hand auch auf ihn überträgt.

Noch einmal hin- und herlaufen, etwas zu schnell für die kurzen Beine, die hinterherkommen müssen. Noch siebzehn Minuten. Das Weinen ist ein verhaltenes Schniefen geworden.

»Wir fragen einfach kurz nach.«

Ein Mädchen von Dunkin' Donuts mit einem Haarband und einem neonfarbenen Adidas-Pulli schickt uns in einen anderen Flügel. In der Mitte links befindet sich das Ziel.

Die Schlange ist lang.

Weitere vier Minuten später steigen wir eine kleine Treppe hinunter. Meine Augen fangen an, vom Desinfektionsmittel mit Zitronenduft zu tränen, mit dem der ganze Raum offenbar jede Viertelstunde gewischt wird. Ich könnte einen an der Wand befestigten Wickeltisch wie eine Zugbrücke runterlassen. Ja, als Baby lag er auf dem Rücken auf der Kommode, und wenn wir unterwegs waren, legten wir ihn auf eine ausgerollte Wickeltasche. Das war einmal. Mittlerweile bekommt man ihn genauso einfach auf den Rücken wie eine Katze. Ich nehme ihn mit in eine Kabine, hocke mich hinter ihn, und er stemmt sich mit den Händen an die dünne Wand, als würde er durchsucht.

»Wir sind sofort fertig«, sage ich, denn meine Hände spüren seinen Drang, sich zu bewegen, sich wegzudrehen. Weiterreden hilft. Erklären, was man macht. »Jetzt das rechte Bein.« Schuhe aus, Hose runter, an einem Knöchel hängen lassen, damit sie beim Anziehen schnell wieder hochgezogen werden kann. Sein Verständnis von Selbstbestimmung nutzt er noch nicht, um trocken zu werden, sondern um zu entscheiden, dass er darauf keine Lust hat. Windel aus und irgendwie zu einem Päckchen zusammenkleben, um sie gleich wegzuwerfen. Eine saubere aus der Tasche holen, weiter mit ihm reden. Währenddessen rollt er anderthalb Meter Klopapier ab, weil er zufällig an den Halter kommt.

»Fast fertig«, sage ich. »Wir sind schon fast fertig.«

Der Zug fährt in neun Minuten.

Zurück in die Bahnhofshalle. Sie scheinen überall das Gleiche zu verkaufen. Unter gelb-roten Schildern stehen Mitarbeiter hinter gewölbten Glasscheiben mit Brötchen, Brezeln, Hotdogs und Croissants, alles unter Käse oder Schinken begraben, glänzend wie mit Haarspray besprüht. Wir erschrecken uns vor einer aus der Menge auftauchenden, von einem schlecht gelaunten Bahnhofsmitarbeiter gesteuerten Scheuermaschine.

Er fängt wieder an zu weinen, und ich weiß sofort, dass es diesmal ernst ist. Ich knie mich in der vollen Bahnhofshalle neben ihn. Mein Sohn kneift die Augen zusammen und lässt erschöpft den Kopf hängen. Eine einzige Träne: Ich wische sie weg und bin mir bewusst, dass ich das für den Rest des Tages nicht vergessen werde.

Er ist überreizt, das sehe ich. Hat sich zurückgezogen, und es ist meine Schuld, denn ohne mich hätte er nicht hier sein müssen.

»Hey«, versuche ich es.

Er schaut hoffnungsvoll auf, aber ich weiß überhaupt nicht, was ich sagen soll. Sagen muss. Ich enttäusche ihn. Er braucht mich, jetzt sofort, aber ich habe keine Lösung parat. Ich spüre die Blicke von anderen Reisenden. Würde mich die Person, die ich war, bevor ich Vater wurde, so sehen, dann würde sie sich glücklich schätzen, dass das hier nicht ihr Leben ist.

»Ich kann dich gleich wieder tragen«, sage ich. »Möchtest du was essen?«

Das Schluchzen reißt ab. »Ja.«

Noch knapp fünf Minuten. Wir kaufen ein Brötchen mit Brie, ein »Holländer-Brötchen« – Gouda, Salat und eine wässrige Tomatenscheibe – und Schokobrötchen.

»Arm«, sagt er.

Ich suche hektisch nach der Babytrage, in der er schon länger nicht mehr gerne hängt. Die letzten Male, die wir ihn reingehievt haben, hat er sich mit Händen und Füßen gewehrt, aber mir fällt gerade nichts Besseres ein. Ich wickle das Ding um meinen Oberkörper, und mein Muskelgedächtnis klickt die vielen Schnallen in der richtigen Reihenfolge fest. Ich hebe ihn hoch und zwänge die sich sträubenden Beine durch die Öffnungen, es hilft, dass ein Teil seiner Aufmerksamkeit beim Essen ist. Ich beiße in die andere Seite seines Schokobrötchens und schleppe uns gleichzeitig Richtung Bahnsteig. Der Protest wird fortgesetzt, während ich spüre, wie sein kleiner Körper an meinem hängt. Die Schokotropfen im trockenen Teig verpuffen zwischen meinen Zähnen.

»Auf gehts«, sage ich und schnappe kurz nach Luft. »Auf zu Mama.«

Bei dem Versuch, Stufen zu überspringen, stoße ich mir am letzten Betonklotz das Schienbein. Der Zug ist schon da.

Humpelnd steige ich ein. Die Türen schließen sich hinter mir.

Ich bleibe eine Weile an der Tür stehen.

Dort spüre ich, wie er zur Ruhe kommt. Ich höre seine Atmung. Die Augen noch geöffnet, aber ergeben, der Blick sanfter.

Wir haben es geschafft. Wir fahren. Die Bewegung ist nicht mehr unsere Aufgabe.

So war das früher, denke ich. Stundenlang, durch die Straße, das Viertel, den Wald. Im Haus, mittags, während ich mit ihm durch das Wohnzimmer tigerte und dabei ein Buch las. Manchmal morgens zwischen fünf und sechs, als wir von seiner Unruhe aus dem Bett gejagt wurden. So war das, monatelang, vielleicht sogar ein Jahr. Musik hören. Sein warmer, regelmäßiger Atem in meinem Nacken. Alles, was wichtig ist, bei sich zu haben, mein Körper sein Zuhause, meine Arme seine Verteidigung. So war es, damals.

Und es geschieht jetzt. Er schläft ein.

Hier, denke ich, während ich einen Sitzplatz suche. Morgen greifen wir vielleicht wieder daneben, aber hier finden wir einander in der Zeit.

Drei Meter weiter vorn schwappt die nervöse Unruhe zweier Franzosen über die Sitzreihen. Der erste im Hoodie, der zweite mit Camouflage-Cap. Sie geben sich gegenseitig die Schuld, aber ich weiß noch nicht genau, woran. Ein Blick auf den Bildschirm mit den Reiseinformationen. Eine ausgedruckte Wegbeschreibung, ein penetranter Da-hast-dus-Finger, als gehe es um eine verbindliche Abmachung.

Sie sitzen im falschen Zug.

Und dann die plötzliche, beunruhigende Überzeugung: Ich sitze auch im falschen Zug.

Ich bin einfach eingestiegen. Habe nicht aufgepasst. *Deutschlands schnellster Klimaschützer* stand auf dem Zug, ein grüner, waagerechter Schriftzug über die Länge von mindestens einem Dutzend Waggons. Ich ließ keine Hektik zu, denn schnelles Gehen, das Überspringen der Treppenstufen oder das Antreiben des Zugpersonals würde mich nicht schneller zu ihr bringen. Aber ohne seinen physischen Ausdruck hat sich das Gehetztsein nach innen gekehrt. Die Beklemmung schlägt nach links aus, in meinen Nacken, die Schulter, und strahlt von dort in meine Unterarmmuskeln und mein Handgelenk aus.

Der Hoodie zeigt nach draußen: die Steinkohlegotik

zweier zackiger Domtürme, die Brücke über dem Rhein. Die Cap schielt immer noch zum Bildschirm, der unter der gewölbten Zugdecke hängt und unsere zunehmende Geschwindigkeit anzeigt. Er ruft jemanden. Ein Schaffner in bordeauxroter Weste und einem kurzärmeligen Hemd erscheint, ein riesiger Schlüsselbund rasselt an seiner Hüfte.

Wir fahren Richtung Süden. Das verrät mir der blaue Punkt auf meinem Handybildschirm. Wir fahren in die richtige Richtung. Ich fahre in die richtige Richtung. Nur sie nicht, die Franzosen. In einem Mischmasch aus drei Sprachen erklärt der Schaffner ihnen, wo sie umsteigen können, um den Schaden zu begrenzen.

Ich bin richtig – aber plötzlich will ich nicht mehr. Für einen Moment hatte ich aufgegeben und die dazugehörige Erleichterung gespürt. Eben lag alles schon hinter mir. War ich umgekehrt, um auf ihre Rückkehr zu warten. Die Tür öffnen. Ihre Augen lesen, ihr die Müdigkeit und den Koffer abnehmen. Ich war auf dem Weg zu dir, Liebling. Ich bin dir hinterhergefahren, wirklich, aber dann. Meine Unbeholfenheit würde sie zum Lachen bringen, und ich würde sie geschickt ausspielen. Setz dich. Deine Bücher sind angekommen. Ich habe eins aufgemacht und es gesehen, und ich muss dir etwas sagen.

Um den Kopf frei zu kriegen und der sich intensivierenden französischen Nervosität zu entkommen, suche ich mir einen Sitzplatz in einem anderen Wagen. Ich setze mich zu einem Mann in ein Abteil mit sechs Plätzen, das durch eine Glastür vom Gewimmel des restlichen Zuges abgeschnitten ist. Es riecht nach frischen Sitzpolstern.

Er ist schätzungsweise zwanzig Jahre älter als ich, sein Bart ist an willkürlichen Stellen grau, sein Erscheinungsbild drückt eine gewisse Zerstreutheit oder auch Neugier aus – manchmal schwer auseinanderzuhalten. Er blickt über den Rand seiner getönten Brillengläser und hackt mit seinem Zeigefinger, als wäre er ein Schnabel, auf seinem Smartphone herum.

Ich hole ein weiteres Mal den Bildband heraus.

Manchmal hatte sie mir etwas gezeigt. Nicht oft, sie war sehr vorsichtig, aber hin und wieder kam sie mit einer Holzkohlezeichnung nach unten, die sie kaum durch die Türöffnung bekam. Aufpassen, sagte sie dann, einmal drüberwischen und alles ist weg. Sie zeigte mir das, was ich wiedererkennen konnte. Die kleinen Lebensausschnitte, die sie sich gemerkt und ihrer Fantasiewelt hinzugefügt hatte.

Aber das hier behielt sie für sich. Das Abzählen, das erst jetzt eine Bedeutung hat, weil die Bilder in dieser Reihenfolge angeordnet sind. Ich will mich noch tiefer über das Bild beugen. Ich will uns auf jeder Seite berühren, damit wir uns umsehen, damit ich fragen kann, wie es ihnen geht, und nicht bis heute Abend warten muss.

»Lernen Sie?«

Der Mann hat mich beobachtet. Ich schlage das Buch zu, halte es hoch und sage: »Von meiner Frau.«

»Das?« Er zeigt auf das Buch. »Das hat Ihre Frau gemacht?«

Ich erzähle ihm, dass ich zu ihr fahre. Dass sie heute einen Buchladen in Ehingen besucht, ein Städtchen im Süden von Deutschland. Das macht sie in letzter Zeit öfter, sage ich, in Buchläden auftreten. Dann zeichnet sie live, und die

Leute können auf einem großen Bildschirm alles verfolgen. Der Anfang ist immer gleich, damit sie es sich selbst nicht zu schwer macht. Sie zeichnet einen Platz in einer Stadt. Es gibt immer einen Springbrunnen, es gibt immer einen Hund, der sich gerade von seiner Leine befreit hat. Es ist immer Frühlingsanfang. Sie zeichnet immer Frauen, die in berühmten Szenen den Platz von Männern einnehmen. Da sitzen dann elf Frauen, die in schwindelerregender Höhe auf einem Eisenträger Mittag essen. Vier Frauen spazieren mit großen Schritten über einen Zebrastreifen. Auf einem großen Poster an einem der Gebäude beugt sich eine Frau in schneeweißen Shorts über ihre Gegnerin, der rote Boxhandschuh der rechten Hand vor der linken Schulter. Anschließend arbeitet sie subtil ein paar Details der Leute ein, die in den Laden gekommen sind. Eine Jacke, die jemand trägt, ein Kind, das herumläuft.

»Und das funktioniert gut«, sage ich. »Das finden alle toll.«

Ob er »die Arbeiten« kurz sehen dürfe, fragt er mit ruhiger Stimme. Sein Niederländisch erinnert mich an das von Tess' Mutter: nahezu fehlerlos, aber die Vokale etwas runder und ab und zu ein formelles Wort anstelle des naheliegenden.

Er streckt seine Hände aus, und ich reiche ihm das Buch. Mit übertriebener Ehrfurcht legt er es sich auf den Schoß und schlägt die erste Seite auf.

»Das ist ihr erstes«, sage ich. »Aber sie hat schon immer gezeichnet. Schon bevor ich sie kannte.«

Die südliche Hälfte von Deutschland kündigt sich an. Der Zug saust an immer tieferen Tälern vorbei. Es ist kurz vor halb drei. Ich versuche, sie mir vorzustellen, die Zukunft, in der sie schon ist. Gleich hält sie den Blick von all den Menschen im Publikum fest und zaubert den Platz aus dem Buch zum Vorschein. Sie wird das Ganze nicht groß kommentieren – ich bin kein Bob Ross, wird sie am Anfang sagen, Entschuldigung und Witz zugleich, was ein höfliches Schmunzeln in den Zuschauerreihen erzeugt –, und am Ende, nach maximal fünfundvierzig Minuten, packt sie ihre Sachen zusammen, während die Ladenbesitzerin ihre Bücher an die von meiner Frau begeisterten Gäste verkauft. Danach nimmt sie einen aus dem Hinterzimmer des Ladens geholten Blumenstrauß in Empfang, wie immer leicht verlegen und etwas hilflos, denn sie weiß nach wie vor nicht, wie sie mit Komplimenten umgehen soll, und reagiert allergisch auf Schnittblumen.

»Unglaublich«, sagt der Mann und beugt sich noch etwas weiter vor.

Sie tut das, was sie gut kann. Sie kann das Leben anhalten, es zurückspulen, noch mal abspielen. Ich nicht. Ich möchte das, aber mir gelingt es nicht. Vor Jahren waren wir auf einer Hochzeit auf dem Land. Sie wollte sich kurz umziehen. Ich schaute ein paar Minuten lang verträumt in die Luft. Plötzlich tauchte sie auf, im offenen Fenster einer der Räume im ersten Stock. Ich beobachtete sie vom Rasen aus. Der Glanz des letzten Sonnenlichts. Nicht zu schnell, Tess, wollte ich sagen. Ich will ihn nicht vergessen, diesen Moment, geht das noch mal, spul noch mal zurück, dann schaue ich genauer hin, dann lasse ich ihn etwas länger dauern.

Der Mann schlägt das Buch zu und fragt, ob wir Kinder haben.

In der Straßenbahn zum Kinderwunschzentrum im Krankenhaus von Nieuwegein, im späten Frühjahr 2017, sagten wir einander in allerlei Varianten, dass es wirklich noch kein Thema sei, aber dass es auf jeden Fall nicht schaden könne zu wissen, ob mit den gleichen Komplikationen wie bei ihrer Mutter zu rechnen wäre.

Die Frau hinter dem Schalter bat uns, ein Formular für einen Besucherausweis auszufüllen, als würden wir ein Abonnement abschließen. Ich fragte mich, ob ich ab jetzt regelmäßig durch diese Flure laufen würde, zielgerichtet, aber ruhelos, bei jedem Mal weniger auf die Wegweiser auf dem Krankenhausboden angewiesen. Ob ich auf der grünen, um einen Pflanzkübel gebauten Bank in der Mitte des breiten Flures sitzen und auf sie warten würde, auf die Ergebnisse der x-ten Kontrolle einer schwindenden Fruchtbarkeit.

Ich fragte mich, was Unfruchtbarkeit bedeuten würde. Verlust – das auf jeden Fall. Vielleicht wäre nicht direkt eine Zukunft verloren, aber eine Entscheidung.

Aber es bedeutete auch, wenn ich in mich hineinhorchte: Befreiung.

Sie ließ die aufwendige Untersuchung hinter einer cremefarbenen Gardine stoisch über sich ergehen, während ich unbehaglich danebenstand.

Zwei Wochen später saßen wir einem freundlichen, für seine Profession etwas zu schelmischen Arzt gegenüber, der seinen Flachbildschirm wie ein Reisebüromitarbeiter zu uns drehte, auf ein paar von ihm eingegebene Daten zeigte und sagte, Tess könne »ganz großartig schwanger« werden.

Ausgelassen nahmen wir den Zug nach Hause, und ein paar Tage lang ließen wir es zu. Alles. Alle Möglichkeiten. Wir hatten einen ganz großartigen Sieg eingefahren, wir waren ganz großartig unbesiegbar, die Zeit war ganz großartig auf unserer Seite. Mit einem Audiosplitter und der *Forever-Young*-Lebenslust von Frank Turners *Tape Deck Heart* fuhren wir mit dem Zug nach Lille, wo wir einen ganzen Nachmittag lang im Jardin Vauban saßen und alles in Breitbildformat vor uns sahen. In einem kleinen Hotelzimmer in einer Seitenstraße unweit vom Bahnhof schliefen wir ohne Kondom miteinander, einen kurzen Moment glaubten wir, dieser einen trüben Zukunftsperspektive zu trotzen bedeute, auch gegen alle anderen immun zu sein.

Am nächsten Tag landeten wir zufällig auf einem kleinen Open-Air-Festival. Als ein Pianist auftrat, setzten wir uns unter ein paar Bäumen auf die Wiese. Sie zog ihre Slipper aus und legte ihre Füße auf meine Schienbeine.

»Dieses Lied habe ich für meine Tochter geschrieben«, sagte der Pianist. »Sie schläft immer mit offener Zimmertür. Eines Abends habe ich sie von der Tür aus beobachtet, und plötzlich geriet ich in Sorge über all das, was ihr im Leben zustoßen könnte.« Er spielte ein paar Noten, als suchte er nach dem Anfang des Liedes. Er sagte: »In dem Moment wurde mir klar, was es bedeutet, Vater zu sein.«

Sie suchte nach meiner Hand und drückte sie.

Zu Hause erwartete uns die lodernde Realität.

Wir schliefen nicht. Mitten in der zweiten durchwachten Dreißiggradnacht saß sie kerzengerade im Bett, das rechte Bein angezogen. Mit der Taschenlampenfunktion ihres iPhones beleuchtete sie die Innenseite ihres Schenkels.

»Raupenhärchen«, sagte sie. »Deshalb juckt es überall.«

Ich rieb über meinen Ellbogen. Ich hatte sie auch.

»Nicht kratzen«, sagte sie. »Dann wird es nur schlimmer.«

»Ich kratze nicht. Ich reibe nur.«

»Einfach nicht anfassen.«

»Es wird sowieso schlimmer.«

Ich schwieg und döste weg. Das ist der Anfang, dachte ich, Unvernunft aufgrund von Schlafmangel. Keine Sintflut und kein Inferno, kein Überlaufen des Haarlemmermeers und kein Börsencrash in Amsterdam. Es fängt mit einem Juckreiz an.

Am nächsten Tag: greller Sonnenschein durch das geöffnete Küchenfester, ein Geschirrtuch in meinen Händen, ein Radiobeitrag über neue Platten. Der Gedanke: So würde der Katastrophenfilm beginnen.

Die Frontlinie verschob sich landeinwärts, lebenseinwärts. Sie war hier. *The call was coming from inside the house.*

Die ausgelassene Stimmung gehörte der Vergangenheit an.

Das Bitumenflachdach unseres Obergeschosses hielt jeden Tag mehr Hitze gefangen. Anfangs zog Tess mit ihrem persönlichen Hitzeprotokoll mutig in den Kampf. Morgens, wenn die Sonne auf der anderen Seite des Hauses aufging und noch nicht um die Ecke gewandert war, öffnete sie alle Fenster auf der Schlafzimmerseite. Mittags schloss sie alles. Fenster, Rollläden, Gardinen. Sie stellte eine Flasche mit gefrorenem Wasser vor einen schmalen, anderthalb Meter hohen Ventilator, der in der Zimmerecke kleine Drehungen machte.

Während sie sich mit dem Haus auseinandersetzte, nahm ich mir Zeitungen und Nachrichtenwebsites vor. Überall auf der Welt wurden Rekorde gebrochen. In Oman sank die Temperatur innerhalb von vierundzwanzig Stunden nicht unter 42,6 Grad. Über dem Polarkreis brannten die Wälder. Die Sahara war kurz davor, das Mittelmeer zu überqueren.

Der Widerstand wurde in der dritten schlechten Nacht gebrochen. Er war sinnlos. Das Holz des Kleiderschranks fühlte sich matt an, als hätte es Fieber. Sie beugte sich zum digitalen Thermometer auf dem Nachtschränkchen, weiß und rechteckig wie ein Bilderrahmen mit Passepartout. 33,2. Die Temperatur schien auch nachts nicht mehr abzunehmen.

Am nächsten Tag hatten wir einen Entschluss gefasst. Wir stopften das Wichtigste in eine Einkaufstasche und suchten bei den Nachbarn von unten Asyl. Die waren eine Woche zuvor zum Wandern in die Schweizer Berge aufgebrochen und hatten uns den Schlüssel gegeben, um für die Pflanzen und Hühner zu sorgen.

Wir stiegen hinab.

Sie bereitete einen Nudelsalat zu, und ich lief mit einer dunkelgrünen Gießkanne über die ungleichen Klinker des Gartenweges, der sich an zwei Sitzecken und einem Hühnerstall vorbeischlängelte; die Route führte an fünf Keramikkübeln vorbei, jeder einzelne groß genug, um darin ein neugeborenes Elefantenbaby zu waschen. Als die Gießkanne leer war, blieb ich stehen und sah dem Wasser, das nicht sofort aufgenommen wurde, dabei zu, wie es an der Unterseite des Topfes wieder herausströmte und sich zwischen den Steinen hindurch einen Weg zu meinen nackten Füßen bahnte. Die Sonne knallte von der Seite auf meinen Hals. Ich scheuerte mir mit dem rauen Griff über den Unterarm.

Hatte sie das aus dieser Entfernung gehört? »Zeig mal«, sagte sie. Sie sprang in den Garten und hob meinen Arm, als würde sie die Zukunft in den Flusspfaden meiner Adern lesen.

»Hier ist es ungefähr fünf, sechs Grad kühler«, sagte sie und schielte auf die spitzen Pickel, drei in einer Reihe. Ihre Stimmung hatte sich seit dem Umzug merklich verbessert. Sie war fröhlich, auf einmal fast vergnügt. »Ich habe …« – sie zog ihren Rock hoch und drehte die Innenseite ihres rechten Oberschenkels zu mir – »… hier noch welche. Siehst du. Na ja. Nicht dran denken.« Und schon verschwand der junge Frauenoberschenkel wieder. »Wir können gleich essen. Ich ziehe mir noch schnell einen Bikini an.«

Um die großen, abstrakten Gefahren sorgte sie sich anscheinend weniger. Als hätten wir vereinbart, dass ich die für uns beide auf mich nehme, damit sie sich dann um das Tast- und Sichtbare kümmern kann. Hautausschlag, ein Muttermal auf dem Rücken, ein eingewachsenes Barthaar. Sie bemerkte einen Splitter in meinem Finger manchmal früher als ich.

Das Wasser an meinen Füßen war schon wieder getrocknet.

»Du bist so still«, sagte sie, als wir eine Stunde später am

Tisch saßen, knapp außer Reichweite der untergehenden Sonne. Wenn ich meinen Fuß ausstreckte, würde sie auf meinem Spann brennen. Zwischen den Pflanzen im Garten hing eine schwere, flirrende Luft. Ich nahm die Porzellanschale, die zwischen uns stand, und schöpfte mir mit einem großen Holzlöffel Nudeln mit Feigen, Feldsalat, Burrata und halbierten Cherrytomaten auf den Teller.

»Woran denkst du?«, fragte sie. Sie streichelte mir über die Schulter.

»Es kühlt gar nicht mehr ab«, sagte ich.

Auch das war neu. Die Höchsttemperatur wurde später am Tag erreicht, und die altbewährte Regel, zwischen zwölf und drei aus der Sonne zu bleiben, schien überholt. Als hätte der Mensch auch in Bezug darauf an den Reglern gedreht. Seit Wochen war es um fünf Uhr nachmittags wärmer, als es um zwei Uhr mittags gewesen war, wonach der Abend und die Nacht viel länger brauchten, um die Hitze unter Kontrolle zu bringen.

Sie ließ die Hälfte ihres Essens stehen.

»Mir ist ein bisschen schlecht«, sagte sie. »Kommt in letzter Zeit öfter vor.«

»Von der Wärme?«, fragte ich.

»Vielleicht. Oder vom Essen.«

Plötzlich machte sie große Augen. Sie schob den Stuhl zurück, legte die Hände an die Körbchen ihres gelben Bikinis, zog die Schultern ein bisschen zurück und sagte mit gespieltem Erstaunen: »Oder ich bin schwanger.«

Es ist genau der Tag, von dem sie in dem Buch erzählt, das mein Abteilnachbar festhält. Mit Augen und Händen begutachtet er die Zeichnungen. Aber er wird es nicht sehen. Nur ich.

Gegen halb neun stand die Sonne noch tiefer. Wir saßen hinten im Garten neben dem Hühnerstall auf einer Bank im Schatten. Sie hatte sich wieder einen Rock und ein Spaghettitop über den Bikini gezogen. Auf ihren angewinkelten Beinen lag ein graubeiges Skizzenbuch. Meine Hände rochen noch nach den Feigen aus dem Nudelsalat.

Wenn Tess zeichnet, berühren sich Stift und Papier minimal, als lockte sie vorsichtig schraffierend etwas an die Oberfläche, das schon eine Weile unter ihr wartete. So schreibt sie auch. Ihre Buchstaben und Wörter entstehen unter einem sanften Druck. Ich habe die Neigung, stärker zu drücken, meine Wörter in das Papier zu kerben.

Neben ihr auf der Bank lagen zwei Bleistifte. Einen dritten, hexagonalen mit Grip, das weiche Grafit eines 4Bs, hielt sie locker zwischen den Fingern.

Eine Weile hatte ich die langsame Wanderung des Schattens beobachtet. Aus einem anderen Haus wehten Gesprächsfetzen der Sportsendung *De avondetappe* in die Gärten.

»Schau mal«, sagte sie. Sie zeigte mir die Seite.

Es war ein Vogel in Kleinformat, geduldig gezeichnet, aufgebaut aus vorsichtigen, überlegten Strichen. Könnte er vom Papier genommen werden, würde er mühelos in meine Hand passen. Die Flügel waren ausgebreitet, der Kopf hoffnungsvoll erhoben. Eine untere Hälfte besaß das kleine Tier nicht – da verlief sich die Zeichnung. Es wirkte so, als könnte der fehlende Teil jeden Moment aus dem Meeresspiegel des Papiers aufsteigen.

»Schön«, sagte ich. Ich dachte nach. »Echter. Realistischer als das, was du sonst zeichnest, finde ich.« Es rührte mich, aber ich wusste nicht genau, warum.

Sie legte den 4B-Bleistift weg und griff zu einem noch weicheren Exemplar.

Ich wollte sie aufhalten.

Warte kurz, wollte ich sagen, er ist so doch auch schon schön? Da war plötzlich eine Angst, dass sie den Vogel kaputtzeichnen würde. Diese eine Hälfte lebte. Das war es. Ich hatte sie bis zu diesem Augenblick noch nie so etwas Lebendiges zeichnen sehen. Von einem noch nicht eingelösten Versprechen erfüllt und trotzdem fertig. Den Rest brauchte es nicht – als Betrachter ergänzte man ihn, man schrieb diesem Teil automatisch die gleiche Schönheit zu, wie sie der sichtbare Teil verkörperte.

Sie hielt die Bleistiftspitze über das Papier, zögerte kurz und starrte vor sich hin. Für den Bruchteil einer Sekunde schwebte der Bleistift schräg über der Skizze, als würde sie sich von einer plötzlichen Eingebung steuern lassen wollen, einen Schweif vor sich sehen und ihn mit einem folgenden vorsichtigen Strich einzufangen versuchen.

Dann kam ihr anscheinend ein anderer Gedanke, sie legte das Buch weg und stand zielstrebig auf. Sie pflückte ein Gänseblümchen neben dem Gartenweg und setzte sich wieder.

Eins nach dem anderen, ganz ruhig, zog sie die Blütenblätter vom Blumenkopf.

Ich fragte: »Was machst du da?«

»Herausfinden, ob ich schwanger bin.«

Zusammen sahen wir ihr dabei zu. Das abgezupfte Weiß

segelte runter. Manchmal hielt sie kurz inne. Bei den uns umgebenden Leben wurde ein Balken gesägt, lagen schwelende Kohlen im Grill, läutete ein Windspiel. Der sommerliche Pop von Berrys *Les passagers* beendete die Folge von *De avondetappe*.

Das letzte Blatt ließ sie dran. Sie betrachtete es eine Zeit lang. Kurz blieb sie sitzen, ganz ruhig, all das Du-bist-es-du-bist-es-nicht im Schoß.

»Ich muss mir einen Test besorgen«, sagte sie dann. »Die Geschäfte machen gleich zu.«

»Soll ich das machen? Wenn es dir nicht so gut geht?«

»Nein«, sagte sie. »Ich mache das selbst.«

Wir lagen noch lange unter dem Gewicht unserer eigenen Wohnung wach.

Sie war mit einer weißen Verpackung zurückgekommen und hatte den Beipackzettel wie einen Roman zum Schlafengehen mit ins Bett genommen. Man muss das morgens machen, hatte sie gesagt, dann ist die Chance größer, dass der Test auf das Schwangerschaftshormon anspringt.

»Bist du aufgeregt?«, flüsterte sie. »Hast du Angst?«

»Wovor?«

»Morgen früh.«

»Nicht unbedingt vor morgen früh.«

Sie drehte sich zu mir. »Wovor dann?«

Ich holte tief Luft und dachte an den Abgrund, den ich manchmal vor mir sah. Alles, was ich über ihn las oder hörte, führte mich einen Schritt näher an ihn heran. Die Überschrift eines Artikels konnte wie Höhenangst in meinen Magen und meine Beine schießen.

»Ob es fair wäre«, sagte ich. Ich flüsterte, genau wie sie, doch ich wusste nicht, warum. Es gab niemanden, den wir wecken konnten. Wir hatten schon mal darüber gesprochen, an jenem Abend, als sie wegen eines Migräneanfalls verschwunden war, und damals hatte ich mehr oder weniger das Gleiche gesagt, obwohl es in den darauffolgenden Monaten manchmal den Anschein hatte, als hätte sie es vergessen. Als plädierte sie auf Unzurechnungsfähigkeit, sobald ich darauf zurückkam – was ich nicht machte, gerade weil ich die Verteidigung kommen sah und sie nachvollziehen konnte.

Aber in dieser Lücke zwischen den beiden Möglichkeiten musste ich es sagen. Ich sagte es genau so, wie ich es in Gedanken schon öfter formuliert hatte. »Etwas zu initiieren mit einer Lebenserwartung, die weit über alle Prognosen hinausgeht.«

Sie seufzte.

»Es wird kein Etwas«, sagte sie. »Es kann selbstständig leben. Es kann selbst die Welt formen. Es kann sich in absehbarer Zeit selbstständig die Jacke ausziehen, selbst zur Schule fahren und selbst bestimmen, wie die Welt aussieht.«

»Genau das ist die Frage«, erwiderte ich. »Ob das dann noch geht.«

Es war für mich kein Protest, wie es das für andere war. Kein Ultimatum an die Machthaber: Handelt jetzt, sonst weigere ich mich, zur Zukunft der Gesellschaft beizutragen, die ihr so fahrlässig übergeht. Es war auch keine Kritik an der Entscheidung anderer, an dem Hin- und Zurückfliegen für einen Wochenendtrip nach Barcelona, an der Raffgier bei Black-Friday-Angeboten oder der impulsiven Entscheidung, Nachwuchs in diese Welt zu setzen. In gewisser Weise sah ich im gegenseitigen Vorwurf der Scheinheiligkeit eine größere Gefahr als in der Scheinheiligkeit selbst. Anschuldigungen könnten entmutigend auf ein Verhalten wirken, das sehr wohl noch einen Unterschied machen könnte, wohingegen die Scheinheiligkeit nun einmal allgegenwärtig war, denn für den Menschen war es heute so gut wie unmöglich geworden, nicht zu sündigen.

Nein – meine beste Chance lag darin, alles im Rahmen der gegebenen Sicherheiten und Unsicherheiten abzuwägen. Es zu rationalisieren, auch wenn ich wusste, dass sie darüber spotten würde. Rationalisieren sei für sie das *Whitewashing* der Emotionen, und Emotionen seien das Einzige, was den Menschen wirklich antreibe.

Ich sagte: »Jedes Leben, das dazukommt, wirkt sich schlecht auf alle anderen Leben aus.«

Sie sagte: »Dann wirkt es sich also positiv aus, wenn irgendwo ein Bus mit dreißig Schulkindern einen Abhang runterstürzt.«

»Jetzt bist du aber sehr zynisch.«

»Aber genau darum geht es mir, Robin. Es ist eine logische Schlussfolgerung deines zynischen Denkens.«

Es war erstaunlich, dass wir beide immer noch flüsterten.

Ich beugte mich über sie und drückte einen Kuss auf ihren weichen Bauch.

»Was machst du da?«, fragte sie scharf.

Ich wusste es nicht. Ich wusste nicht, warum ich das getan hatte.

Sie setzte sich hin. Ich stand auf, ich konnte dieses Gespräch nicht länger liegend führen und fragte: »Und woher weißt du so genau, was wir tun und lassen sollten?«

Sie antwortete schnell, fast instinktiv: »Ich will nicht, dass wir aussterben.«

»Wer?«

»Wir. Wir nicht. Dass wir nicht aussterben.« Sie schaute weg. »Nicht wir – die Menschen –, sondern wir. Du und ich.«

Sie schwieg.

Ich fragte: »Wie fühlst du dich?«

»Mir ist schlecht.«

»Ich meine …«

»Ich weiß, was du meinst, Robin.«

Sie schwieg lange. Ich blieb stehen. Hin und wieder erwiderte sie meinen Blick, als wollte sie ihn abwehren. Ich rieb mir die Augen, um ihrem auszuweichen. Sie war stärker als ich. Sie war meistens stärker als ich.

In ihren schweigsamen Pausen dachte ich nach. Welches Versprechen geben Eltern ihrem Kind, wenn sie ihm ein Leben schenken? Wie viele gute Jahre stehen ihm zu? Ist es ein gelungenes Leben, wenn es vierzig, dreißig, zwanzig, zehn Jahre relativ glücklich gelebt wurde? Wenn es einmal groß genug ist, um die erdrückende Gewissheit zu schultern, würde es uns dann dafür verantwortlich machen?

Aber ich hätte die gleichen Gewissensbisse, wenn ich es ihr – wenn ich es uns – verwehren würde. Ein anderes Zukunftsszenario: Wir schlafen aus und gehen morgens in die Stadt frühstücken. Auf der anderen Straßenseite ein Kinderwagen, und sie muss weinen.

Damit fing ich erst gar nicht an. Das dachte ich nur.

Sie dämmerte ein. Ihre Stimme, verletzlich und sanft, gedämpft durch die Decke über ihr: »Das ist nicht unsere Geschichte.«

»Was ist nicht unsere Geschichte?«

»Was du da erzählst. Was du denkst. Wie es deiner Meinung nach abläuft. So muss es nicht ablaufen. Das ist nicht unsere Geschichte.«

So was hatte sie schon öfter gesagt. Die Zeit schuf aus einer heftigen Schlacht zu Beginn eines verheerenden Krieges schließlich eine unwahrscheinliche Liebesgeschichte zwischen zwei Menschen, die einander sonst nie getroffen hätten. Sie hatte aus ihrer eigenen Entstehungsgeschichte einen unerschütterlichen Optimismus gezogen. Als ich einmal eingewandt hatte, dass die Zwillingsschwester ihrer Mutter trotz der gleichen Vorgeschichte etwas völlig anderes erlebt hatte, hatte sie gesagt: »Ich glaube, es hängt davon ab, welche Geschichte man erzählt bekommen möchte.« Sie, Tess, hatte vor langer Zeit entschieden, welche Geschichte ihr erzählt worden war. Welches ihre Geschichte war.

Sie zog sich wieder etwas hoch und stützte sich auf die Ellbogen.

Ich sagte: »Aber ich weiß nicht, ob wir das noch selbst in der Hand haben.«

»Und ob«, sagte sie, immer noch scharf. »Das haben wir sehr wohl selbst in der Hand.«

»Ich verstehe nicht, wie du das glauben kannst.«

»Dann gehe ich mal davon aus, dass wir zwei verschiedene Personen sind.«

Ich antwortete nicht und holte ein Glas Wasser.

»Jede Generation denkt, dass sie die letzte ist«, sagte sie, als ich zurückkam. Sie hatte sich wieder hingelegt. In ihrer Stimme lag etwas Versöhnliches. »Frag mal deinen Vater.«

Über die Ohrfeige hatte ich mit niemandem gesprochen. Nicht mit ihr und auch nicht mit ihm oder meiner Mutter. Leugnen war der einzig mögliche Umgang, auch für meine Eltern. Sie hatten den Arztbesuch und die Diagnose solange es ging hinausgezögert und wetteiferten nahezu darum, wer es am längsten verdrängen konnte. Doch inzwischen musste mehr vorgefallen sein, denn sie hatten sich Hilfe gesucht. Die Erkenntnis: Was als schwache kognitive Störung angefangen hatte, hatte sich zu Demenz im Anfangsstadium entwickelt.

Meine Mutter wurde die Wortführerin. Nicht, weil der geistige Verfall bei meinem Vater schon dermaßen fortgeschritten war, sondern weil seine Neigung, das Thema zu umgehen, ihn daran hinderte, das Wort überhaupt in den Mund zu nehmen. Manchmal sagte sie etwas Allgemeines zur Krankheit, aber sie sah es anscheinend als ihre wichtigste Aufgabe an, uns aus der Sache rauszuhalten. Wir mussten einen Bekannten, der Medizin studiert hatte, kontaktieren, um herauszufinden, dass zwischen dem Anfangsstadium und dem Endstadium, bei dem nur noch von einem selten aufblitzenden Erkennen die Rede ist, ungefähr fünf Jahre liegen.

Das Merkwürdige war: Mein Vater wurde nach und nach ein herzlicherer, empfindsamerer Mann – solange dieses eine Thema nicht angesprochen wurde und ihm niemand die Pistole auf die Brust setzte und ihn zwang, sich den Tatsachen zu stellen. Er fragte öfter, wie es Tess ging. Er stand manchmal unangekündigt mit selbst gekochtem Essen vor der Tür. Er rief an und sagte: »Ich wollte nur kurz deine Stimme hören.«

Auf die Frage, ob ich eine erbliche Veranlagung hatte, wollte ich die Antwort zunächst nicht wissen. Es war durchaus möglich, auch wenn die Wahrscheinlichkeit nicht hoch war: höchstens ein paar Prozent höher als bei jedem anderen, und selbst dann würde es Heilungschancen geben. In der Forschung war man zuversichtlich, innerhalb der nächsten zwanzig Jahre eine wirksame Behandlungsmethode zu finden. Zu spät für ihn, früh genug für mich. Außerdem redete ich mir ein, dass ich mir auf diese Weise alle Optionen offenhielt, mehrere Szenarien, die sich alle bewahrheiten könnten, was mir ein irrationales, aber angenehmes Gefühl der Kontrolle gab.

Schlafen war unmöglich. Es war zwar unsere Bettwäsche, aber sie passte sich an das fremde Bett in einem fremden Zimmer an. Ich lauschte dem Tropfen eines Wasserhahns.

Sie sagte: »Morgen früh sieht alles wieder ganz anders aus.«

Wir drehten uns zueinander, und wir drehten uns voneinander weg. Wir blickten in die gleiche Richtung und dann wieder nicht. »Willst du kurz oben nachsehen?«, fragte sie schließlich. »Wie da die Lage ist?«

Die leere Straße um zwei Uhr nachts, dunkelgelb von den Laternen erleuchtet. Die Wohnungstür, die sich erst nach einem Tritt gegen die Unterkante öffnete. Zwei Treppen Richtung Sonne hinaufsteigen.

34,4 Grad, sagte der Bilderrahmen.

Ich saß eine Weile auf dem bettwäschelosen Bett und

konzentrierte mich auf die Stille im benachbarten Zimmer. Manchmal war mir, als hörte ich etwas. Als wollte ich etwas hören. Ein leises Husten, ein Wälzen im Schlaf. Würde ich aufstehen? Würde ich eine Hand auf ihren Oberschenkel legen und sagen, dass ich kurz nachschauen ginge? Würde ich ihn aus dem Bettchen heben und ihm helfen, den Schluckauf loszuwerden? Kann ein Neugeborenes bei 34 Grad schlafen? Wenn ich nachts neben ihm sitzen und über ihn wachen würde, fühlte sich das dann wie gewonnene oder verlorene Zeit an?

Jegliche denkbare Gefahr war immer von der Seite gekommen, wie ein Auto, das aus einer Querstraße auf den Weg schießt. Ein Ausweichmanöver war immer eine Option gewesen und dann die Flucht nach vorn, zu einem Bogen blütenweißer, unbeschriebener Zeit. Jetzt nicht mehr. Der Weg endete in einer Sackgasse. Die Zukunft trat auf die Bremse und schaltete schlecht gelaunt in den Rückwärtsgang.

Ich schloss die leere Wohnung ab und ging zurück in die der Nachbarn. Ihre Atmung war mir so vertraut, dass ich schon an der Eingangstür wusste, dass sie schlief.

»Beängstigend« ist das Wort, das ich gegenüber dem Mann im Zug verwende. In Bezug auf das, was auf uns zukommt. »Die Hälfte von uns, mindestens.«

Seine flache Hand liegt auf dem Buch. Er hat die Brille abgenommen, und seine Augen sehen mich unter dicken, dunklen Augenbrauen an.

»Und Ihre Frau?«

»Sie nicht. Sie hat vor nichts Angst.«

Der Mann nickt langsam.

»Und Sie?«, frage ich.

»Manchmal«, sagt er. Wir rasen in einen Tunnel. »Und manchmal bin ich überglücklich.« Er ändert seine Sitzposition und schlägt ein Bein über das andere. Ich bemerke seine weißen Sneaker, die Schuhspitzen ein bisschen verschmutzt. »Hören Sie«, sagt er, »ich bin auf dem Weg zur Stuttgarter Musikhochschule. Ich gebe einen Masterkurs zur Klavier-Kammermusik. Auch im nächsten Semester wieder. Klavier für Kammermusik. Ich sitze im Zug und schaue aus dem Fenster. Ich stehe im Auditorium, trinke Kaffee und erzähle Menschen, die verstehen, wovon ich rede, von Schubert, Dvořák und dem späten Debussy. Vielleicht spiele ich selbst etwas, vielleicht höre ich dabei zu, wie andere Leute spielen. Talentierte Menschen. Und das ist es auch schon. Dafür bekomme ich Geld. Damit kann ich ein Restaurant oder ein Café besuchen, oder ich spaziere in der Nachmittagssonne zu Berthold und Schwerdtner an der Königsstraße, und im Tausch gegen das Geld bekomme ich eine Gitarre.«

Er hat den Tunnel mit Worten gefüllt. Im plötzlichen Tageslicht betrachtet er seine Hände. »So ist es genau genommen noch nie gewesen«, sagt er. »Wenn das Universum einen Tag alt ist, dann ist das hier die eine Sekunde, in der alles in Balance ist. Ein außergewöhnliches Gleichgewicht. Ein *Glitch*. Somit denke ich hin und wieder: Nein, das kann nicht andauern.«

Der ICE scheint ihn leicht aus dem Stuhl zu heben, versucht, ihn schwerelos zu machen. Er reibt sich über die Nase und sagt: »Was halten Sie davon, wenn wir uns ein Getränk genehmigen?«

Ich stimme zu.

Nach fünf Minuten kommt er mit zwei Gläsern Bitburger zurück, hoch, zylinderförmig, mit Fuß und Schaumkrone, die so luftig aussieht, als würde sie beim Runterpusten erst ein paar Meter weiter nach unten wirbeln.

»Eigentlich meinte ich mit meiner Frage: Und Sie, haben Sie Kinder?«

Er hat sein Glas schon halb geleert. Kneift die Augen zusammen und sagt, dass er »nicht unbedingt ein gutes Vorbild gehabt hat«, und mit einer Geste macht er deutlich, man solle besser nicht weiterfragen. Er erzählt, wie er mit sechzehn von zu Hause fortgegangen ist und sich »ein Hundeleben« lang sicher war, keine Kinder zu wollen.

»Und dann?«

»Und dann habe ich eine Frau kennengelernt.«

Er sagt, er sei in der Zeit nicht der gewesen, der er heute ist. Nicht jemand mit – er klopft gegen das olivgrüne Jackett an dem Haken über ihm – so einer Art Jacke. Kein Dozent in Stuttgart. »Die sitzen an einem Mittwochabend nicht um ein Uhr nachts immer noch im Café Wilhelmina in Eindhoven. Ich damals schon. Auch an anderen Wochentagen, aber dieser eine Tag war ein Mittwoch. Und sie kam rein. Sie hatte ihre Schlüssel verloren. Vielleicht vor der Tür oder drinnen, das wusste sie nicht mehr. Ich griff nach der Kiste mit Fundsachen hinter der Bar. Ich saß da so oft – es war keine Überraschung, dass ich wusste, wo diese Kiste stand. Sie lagen oben. Zu dem Zeitpunkt wollte sie dann gar nicht mehr so schnell nach Hause.«

Sie verliebten sich. Es geschah einfach, sagte er. Sie wurde schwanger. Das geschah auch ganz problemlos. Erst danach gab es Probleme. Er wollte eine Abtreibung. Sie anfangs auch. Doch ihre Eltern wussten schon Bescheid. Sie war in der vierten, fünften Woche. »Ich weiß immer noch nicht, wie«, sagt er, »aber sie sahen es. Eine Abtreibung war keine Option mehr. Sie wäre enterbt, rausgeschmissen, verstoßen worden. Also behielten wir es. Wir behielten es um des lieben Friedens willen. Da bin ich ehrlich: Das war der einzige Grund.«

Er sagt: »Und zwanzig Jahre später steht man auf einer Leiter und streicht die Decke eines Studentenzimmers, und abends umarmt man sich in einem leeren Kinderzimmer und sagt: Es ist hier so leer.«

Ein letztes Mal setzt er sein Glas an.

Er stellt es ab und seufzt tief. »Wir können also auch falschliegen, oder? Wir alle zusammen. Hören Sie, manchmal glaube ich auch, dass uns nur noch etwa dreißig Jahre bleiben. Ein halbes Jahrhundert, wenn es gut läuft. Bis dahin sind wir einander an die Gurgel gegangen. Und in anderen Momenten« – sein Zeigefinger fährt über den Glasrand –, »in anderen Momenten bin ich mir sicher, dass es anders kommen wird. Denn dann sehe ich die Studierenden, die an einem Nachmittag im Frühling über den Platz der Uni zum Haupteingang rennen, unter den hellgelben Sonnenschirmen hindurch, und dann ist es verdammt schwierig, davon auszugehen, dass sie die Welt nicht verändern werden. Glauben Sie mir, da ist nicht ein Einziger dabei, der denkt, alles würde gut. Dass wir einfach alles so weiterlaufen lassen können. Sie machen sich alle Sorgen. Aber sie gehen raus, bis an die Zähne bewaffnet mit ihren Ideen und Idealen. Sie rennen.«

Vielleicht kenne ich zu wenige solcher Menschen, will ich sagen. Aber ich weiß schon, welcher Unterton dann mitschwänge. Ich würde es aus Höflichkeit sagen. Um eine Diskussion, für die ich keine Energie habe, zu beenden, bevor sie überhaupt richtig an Fahrt aufgenommen hat.

Ein Aufstoßen. Ich habe mit dem Bier zu viel Luft geschluckt. Der Zug wird langsamer.

»Das, wovor Sie Angst haben, wird nie passieren«, sagt er. »Es ist immer etwas anderes. Es ist immer das Nächste.«

Dann sieht er aus dem Fenster und sagt: »Frankfurt.«

Am nächsten Morgen weckte sie mich früh. »Ich mache jetzt den Test«, sagte sie.

»Okay«, erwiderte ich. »Jedes Ergebnis ist gut.« Das war etwas, das wir einander öfter versicherten. Ich wusste nicht, ob ich es diesmal so meinte.

Sie kletterte aus dem Bett, zog sich etwas über und ging barfuß aus dem Zimmer. Ich setzte mich auf einen Stuhl und folgte beim Warten mit den Fingern den breiten Fasern der Tischplatte.

Es dauerte ungefähr vier Minuten, fünf, vielleicht noch länger. Dann ging die Badezimmertür auf, danach die zweite Tür, und sie stand wieder vor mir. Sie sah müde aus. Ich schaute auf die Uhr, und ich schaute ihr in die Augen.

In einer großen Runde, bei einer Feier oder einem Essen, konnte ich sie lange beobachten, herausfinden, wer sie in so einer Gruppe war, und gerade in solchen Momenten besaß das Beobachten eine besondere Intimität, sie zu sehen, wie sie ist, nicht in Beziehung zu mir, sondern dann, wenn ich kein Teil der Gleichung war, wenn sie jemand anderem eine

Geschichte erzählte, wenn sie die Kellnerin mit dem Finger auf der Speisekarte fragte, ob sie das Gericht auch vegetarisch haben könne. Ich konnte ihre Bewegungen vorhersagen, das Lachen, mit dem sie ein leichtes soziales Unbehagen auflöste, das frustrierte Seufzen, wenn sie eine der unzähligen, in der Wohnung verteilten Vaseline-Döschen für ihre spröden Lippen suchte, die Art, wie sie das S etwas anders aussprach, wenn sie ein Argument anbringen wollte. Dass sie leicht entzückt »Oje« sagen würde, wenn wir einen Film schauten, in dem der betrunkene Trauzeuge auf einer Hochzeit das Mikrofon ergriff, um eine Rede zu halten. Ihr besonderes Auge fürs Detail: die genaue Form eines vom Herbst rot gefärbten Ahornblattes, wie die Locken des dreijährigen Nachbarmädchens fielen, wo mein Lieblingsshirt Verschleißerscheinungen zeigte. Wenn sie eine Beschwerdeschrift oder das Konzept für ein Projekt von mir las, konnte ihr ein doppeltes Leerzeichen zwischen zwei Wörtern auffallen wie ein fehlender Schneidezahn bei einem Gesprächspartner.

»Man muss ein bisschen warten«, sagte sie sanft. »Ein paar Minuten.« Sie zupfte am Saum ihres Shirts, das ihr fast bis zu den Knien reichte.

»Wo ist das Ding?«

»Im Badezimmer.«

Wir sahen uns eine Zeit lang an. Das hier war eine andere Tess, das sah ich, ungewöhnlich verletzlich, bewegt, einer Sache beraubt, die immer zu ihr gehört hatte. Kurz dachte ich, sie würde zusammenbrechen. Sie saugte an ihrer Unterlippe.

Ich ging schnell zu ihr und hielt sie fest.

Ich fragte: »Wie lange müssen wir noch warten?«

Sie drückte den Kopf an meinen Hals und sagte: »Ich habe schon gewartet. Ich weiß es bereits.«

Er hat sich an mich gekuschelt, und ich spüre, dass er schläft. Sein Scheitel oben, die Atmung flach. So schlief er, als er klein war, bis er zu groß dafür wurde. Jetzt ist er zu müde, um zu groß dafür zu sein.

Der Mann, mit dem ich mir das Abteil teile, verschwindet hinter einer aufgeschlagenen *Bild*-Zeitung. Er schüttelt sie zweimal und zieht das Papier straff, als wollte er zeigen, dass er sich nicht ohne Weiteres einen Bären aufbinden lässt. Das *Foto des Tages* auf der Titelseite zeigt einen Haufen Schuhe, die auf der Straße liegen geblieben sind, nachdem sich das Wasser aus einem der überfluteten Städtchen in der Eifel wieder zurückgezogen hat. *Was uns diese Schuhe erzählen.*

Es ist das Paar am rechten Bildrand, das mich beunruhigt. Größe 22, vielleicht 23. Braun, die Spitzen heller.

Ich suche ihn mit meinen Händen. Er ist hier, noch so glückselig unwissend, so leidenschaftlich an meine Brust gedrückt, dass mein T-Shirt von seinem Schweiß nass wird.

In den ersten Wochen der Schwangerschaft existierte er noch nicht. Ich hatte den zweiten hellrosa Streifen auf dem Teststäbchen gesehen und danach die äußerlichen Anzeichen der Übelkeit mitbekommen, die täglich ihren Körper erschütterte. Doch beides war in etwa ein so überzeugender Beweis für die Existenz von neuem Leben wie für die Existenz von Wasser auf einem fremden Planeten.

Die Gynäkologin rief sie auf. Wie ein blinder Passagier ging ich mit. Mir wurde ein weißer Plastikstuhl zugewiesen. Tess zog Jeans und Unterhose aus – ihre Nacktheit zugleich befremdlich und selbstverständlich in diesem Raum –, legte sich auf die mit medizinischem Krepppapier bedeckte Liege und zog die Beine an.

Kurz dachte ich: Vielleicht ist da gar nichts. Vielleicht radeln wir gleich zu zweit nach Hause.

Doch – außerirdisches, innerirdisches Leben, recht deutlich, da, auf dem Flachbildschirm an der Wand, verschneit, pulsierend wie die Botschaft, deren Sprache wir noch entschlüsseln mussten. Halb schwerelos schwebte es durch sein ovales Kinderzimmer, den Blick nach oben gerichtet, und in der Mitte der anderthalb Zentimeter ein schlagendes Herz, schon so groß, kleiner, größer, kleiner.

Zurück hinter dem Holzschreibtisch bestimmte die Gynäkologin ein Datum im Sommer.

Drei Wochen später sagte dieselbe Frau: »Es ist sehr ruhig.«

Ich erschrak, Tess scherzte. »Hat einen tiefen Schlaf«, sagte sie. »Das ist später bestimmt praktisch.«

»Können Sie mal husten? Kurz das Becken schütteln?«

Sie tanzte kurz und vertikal. Es dauerte einen Moment. Dann begann es sich zu wälzen. Mir nichts, dir nichts hatte es diese Art, sich zu bewegen. Fünf Zentimeter vom Scheitel bis zum Popo, elf Wochen und vier Tage Schwangerschaft, aber es hatte schon einen Ballon in der emporgereckten Hand, es griff auf einem Teppich im Wohnzimmer nach einer Rassel.

Ich sah, wie glücklich sie war. Auch jetzt noch sehe ich vor mir, wie glücklich sie war.

Wir sagten es am selben Abend in einem australischen Restaurant an der Voorstraat einfach, als es kurz nach dem Bestellen kein Gesprächsthema gab. Sie sagte es. Sie sagte: »Ihr werdet Opa und Oma.«

Meine Mutter hatte sofort Tränen in den Augen, reflexartig. Dann wischte sie sie weg und stand entschlossen auf. Zuerst umarmte sie Tess. Mein Vater tat es ihr gleich. Ich sah, dass er Tess' dunkelgrünen Pulli an den Schultern festhielt, damit dieser Moment nicht sofort in den Tiefen verschwand. Dann setzte er sich wieder.

Den restlichen Abend konnte ich meinen Blick nicht mehr von ihm abwenden. Wie er den Tischrand mit den Händen umklammerte, das Besteck. Er sagte, er würde es nie wieder vergessen. Er sagte immer wieder: Ich hatte nicht gedacht, dass ich noch Opa werden würde, ich dachte wirklich nicht, dass ich noch Opa werden würde.

Zwanzig Wochen. In dem schwach beleuchteten Wartezimmer für die Ultraschalluntersuchung an der Maliebaan roch es nach pastellfarbenen, herzförmigen Süßigkeiten. Ich fuhr direkt von der Arbeit aus dorthin. Als ich das Zimmer betrat, saß Tess schon an einem langen Tisch und blätterte in einer Zeitschrift. Ich setzte mich neben sie.

Sie schlug sie zu, legte eine Hand auf meine Brust und sagte: »Gleich wissen wir es.«

Vierzig Minuten lang drückte die Sonografin, eine etwas

grobe Frau um die vierzig, einen Joystick auf den mit Kontaktgel beschmierten Bauch. Die Bilder wurden mit einem Beamer an die Wand projiziert. Jedes Körperteil, jedes Organ war eine Prüfung, alles eine essenzielle Voraussetzung für ein gesundes Leben. Schädel, Gehirnhälften, Herzkammern, Nieren, Zwerchfell. Tess ließ ihre Hand von der Liege rutschen und suchte nach meiner. Ich rieb beruhigend über ihre Handfläche und versuchte, meine Finger zu entspannen. Kurz dachte ich an meine Mutter, an ihre Finger. Nie gaben die Finger Ruhe, schon das ganze Leben lang schienen sie sich ständig zu biegen und zu strecken und nach etwas zu greifen, das knapp außer Reichweite war – ein Tic, den ich von ihr übernommen hatte. Meine erste Freundin zog manchmal erschrocken ihre Hand zurück, sich fürchtend vor der unnatürlichen Motorik meiner zwanghaft sich krümmenden Finger, als liefe sie mit E.T. durchs Einkaufszentrum.

Bezeugte ich gerade eine Fortsetzung dessen? Welche meiner Unzulänglichkeiten wurden an die Wand projiziert? Würde es die spontanen Muskelzuckungen von mir erben? Wo würden die Splitter der Granate landen, die in meinem Vater soeben in Zeitlupe explodiert war? Gleichzeitig, während ich den Gedanken weiterverfolgte, stellte ich mir vor, wie mein Kind mich durchschaute, mich mit meinen Unzulänglichkeiten konfrontierte. *Papa, weißt du, was du immer machst?*

Offener Rücken? »Hier macht er eine Kurve«, murmelte die Sonografin. Tess drückte fester zu. Gut? Schlecht?

Ich versuchte, sie in Schach zu halten, die Finger in der feuchten Hand dieser werdenden Mutter.

»Schön«, kommentierte die Frau im Voiceover die Bilder, monoton und emotionslos. Es waren nicht die Projektionen, sondern ihre Worte und die Intonation, auf die ich achtete. Das Schwarz-Weiß an der Wand kam an die Oberfläche und verschwand wieder in der Tiefe, ein immer wieder vor- und zurückgespultes Video eines auseinanderspritzenden Tintenkleckses. Was schaute ich mir überhaupt an? Es hätte genauso gut sein können, dass mich beim Rausgehen ein bekannter Fernsehmoderator einer vermeintlich witzigen Sendung dazu auffordern würde, in die Kamera zu winken und ein paar Menschen zu grüßen, und mir mitteilte, ich hätte gerade vierzig Minuten ein Hochdruckgebiet über Norwegen angestarrt.

»Haben Sie schon eine Ahnung?«, fragte die Sonografin. Sie war bei der unteren Hälfte angekommen.

Sie, Tess, wusste es schon. Sie sagte: »Ich glaube, ich sehe da was.«

Sie drückte wieder meine Hand.

»Ja«, bestätigte die Frau, »das sieht nach einem Jungen aus.« Sie sagte, sie wolle eben noch von der anderen Seite »durch die Pobacke« schauen, während die Botschaft – ein Sohn – langsam zu mir durchsickerte. Auch wenn ich gesehen hatte, wie es nach dem Leben griff, wie es sich gegen die Wände der Gebärmutter stemmte, auch wenn ich den Herzschlag wie ein Funksignal hatte wummern hören und ich jedes Mal alles auf einem USB-Stick mit nach Hause bekommen hatte: Bis zu diesem Moment war es etwas Abstraktes gewesen.

Auf dem Nachhauseweg sahen wir überall kleine Jungen, und bei jedem sagten wir: Vielleicht wird er ja so.

Irgendwer hatte mir mal gesagt, dass das, wovor man Angst hat, nie eintritt. Aber mein Vater zerfiel. Wir nahmen ihn mit zum Hambacher Forst, einem jahrhundertealten Wald zwischen Köln und Aachen, wo seit fast sechs Jahren gegen die Rodung protestiert wurde. Seit den Siebzigerjahren sind ungefähr neunzig Prozent verschwunden, um der größten Braunkohlemine Europas Platz zu machen – mittlerweile war das eine riesige, beängstigende Grube, die jegliche Fantasie verschluckte. Wir beugten uns über die Reste einer Hainbuche, sternförmig und gerade noch groß genug, um drüberstolpern zu können. In der Luft hing merkwürdiger roter Staub. Ich schmeckte Sand und Asche im Mund. Mein Vater führte zitternd eine Flasche Wasser an seine Lippen und suchte nach passenden Worten und nach Gesichtern zwischen den deutschen Gleichgesinnten von damals, die ihn eingeladen hatten. Er erzählte von Amelisweerd. Ich half ihm weiter, wenn er den Faden verlor.

Wir belegten einen *HypnoBirthing*-Kurs, vier Wochen lang donnerstagabends, mit Entspannungs- und Atemübungen. Die Kursleiterin ermutigte uns, Wehen als »Sensationen« zu bezeichnen. Wir besuchten die Entbindungsstationen von Krankenhäusern, die ihre Palette an Schmerzmitteln genauso selbstverständlich anpriesen wie den Sandwich-Maker in der Küche. Ich überlegte mir einen Text für die Geburtskarte. Tess zeichnete einen Vogel, der seine Flügel spreizt, wie an dem Abend im Garten der Nachbarn.

Nach dem Essen lag sie auf dem Sofa, atmete tief ein, streichelte sich über den Bauch und sagte »heeey« oder »ach, mein Kleiner«. Sie begegnete der Schwangerschaft mit einer grenzenlosen Faszination für alles, was ihr Körper leistete – sogar die Qualen teilte sie mit mir, als handelte es sich um den Erlebnisbericht einer Nordpolexpedition. Alle paar Tage backte ich ein Bananenbrot für ihre nächtlichen Heißhungerattacken. Die Außenwelt hielten wir mühelos auf Abstand.

Ich ließ die Verletzlichkeit zu. In Gedanken sprach ich seinen Namen aus. Da war ein Bild, an den Rändern noch unscharf, von einem Baby, das bereits ein paar Tage auf der Welt war. Wie groß es schon geworden ist, sagen die Leute, die vorbeikommen. Er schläft in meinen Armen. Ich lege ihn auf meine Brust und gestikuliere, dass sie vorsichtig noch etwas näher kommen dürfen.

Im Internet habe ich ein Foto von einem großen Mann gesehen, der zwei schmächtige, alte Leute in seine Arme schließt. Es sind ein Vater und eine Mutter. Dem Mann wurde das Herz ihres verstorbenen Sohnes gespendet. Mit zwei Stethoskopen lauschen sie dem Herzschlag. Es schlägt jetzt in der breiten, unbekannten Brust, an die sie sich lehnen und weinen. Ich wusste, dass das Bild mich mehr berührte, als es das noch vor einem Jahr getan hätte. Ich konnte es mir so gut vorstellen: dass man noch etwas länger zuhören möchte, dass man glaubt, etwas wiederzuerkennen.

War es ein Gewinn, diesen Verlust zu verstehen?

An einem Frühlingsabend saßen wir im Kino, um uns den mexikanischen Oscar-Gewinner in der Kategorie Bester Internationaler Film anzusehen. Auf der Leinwand wurde ein Kind tot geboren. Es lag schlaff in den Händen des Arztes – zu spät, eine Beatmung war sinnlos. Tess weinte so sehr, dass wir den Saal verließen. In dem kleinen, von schwarzen Gardinen abgetrennten Raum zwischen Lobby und Kinosaal verkroch sie sich unter meinem Arm. Sie weinte und weinte, sagte aber nichts, und einen kurzen Augenblick war ich mir sicher, dass sie sagen würde, sie spüre das Baby schon seit zwei Tagen nicht mehr.

Wir hatten diese Verletzlichkeit auf uns genommen. Eine Angst, die wir für den Rest unseres Lebens spüren sollten, stärker, heftiger, größer und wahrhaftiger als die Angst um das Leben des jeweils anderen.

Und die ist nicht mehr verschwunden, denke ich, während mich die Titelseite mit dem Foto des Tages anstarrt, und ein Artikel, in dem Menschen aus dem Katastrophengebiet dazu aufrufen, ein Frühwarnsystem zu entwickeln, das vor solchen Gefahren warnt.

Ich suche Zuflucht bei meinem Handy, öffne die Foto-App und drehe an der Zeit. Ein paar Monate zurück, ein Jahr. Was schon länger zurückliegt, löst in mir ein Verlustgefühl aus. Das ist alles schon passé. Das unsichere Gerenne im Wohnzimmer, um den Esstisch herum und zurück. Das Singen am Tisch, heiser von der Erkältung, jedes Wort die Verballhornung einer Verballhornung. Die Räder vom Bus, die *rollahin*. Seine kleinen Hände, gestikulierend, das rührende Nachmachen von dem, was wir machen.

Ich will zurück, zu ihm, zu diesem Moment. Weg, er ist schon weg. Aus den Tagen geschüttelt. An mir hängt schon eine neue Version.

Aber was, wenn es doch ginge? Was würde ich daraus machen? Ich würde es wieder vergeigen, so wie beim ersten Mal. Lass es mich noch mal machen, und ich werde wieder jede Sekunde eine Sekunde verlieren.

Weiter zurück. Tess, im achten Monat schwanger. Sie sitzt mit einem A3-Zeichenblock am Esstisch, daneben ein Glas mit Katzenzungenpinseln. Sie zeichnete während ihrer Schwangerschaft weiter, aber gelöster und persönlicher als zuvor. Als wäre der Druck von ihr abgefallen. Was sie vorher als Pflicht erfahren hatte, als eine Art Auftrag, wurde eine einfache Tugend. Auf dem Foto zeichnet sie das zukünftige Kinderzimmer – keine praktische Raumaufteilung, sondern ein atmosphärisches Bild, eine offene Tür, ein Bett, das warme Licht der Deckenlampe. Ich drücke meinen Daumen auf den Bildschirm und das *Live Photo* wird zum Leben erweckt. Sie schaut zu mir hoch und sagt etwas, aber ich weiß nicht, was. Es ist nur ein halber Satz, irgendwas Lockeres, vielleicht ein Scherz. Es ist der 27. Mai 2019, 20.27 Uhr. Wir bereiteten die Wohnung auf seine Ankunft vor. Ich erkenne das an den darauffolgenden Fotos: die Kommode, die wir auf Ebay gekauft und noch mal abgeschliffen und neu gestrichen hatten. Der Ikea-Sessel, gerade erst zusammengebaut, zum Vorlesen gedacht.

Sie sagte, sie wünsche sich, dass ein genaues Datum auf ihrem Bauch stünde, damit sie die Tage zählen könne. Die Tiefkühltruhe war mit Lasagne und marokkanischem Gemüseeintopf vollgestopft. In der neununddreißigsten Woche sagte sie, sie wolle sich am liebsten in einen Karton unter der Treppe verkriechen, wie eine Katze, die kurz davor ist zu werfen.

Es ging los, wie es in Filmen losgeht: mit dem Platzen der Fruchtblase. Es war Donnerstagabend, kurz vor halb acht.

»Uh«, sagte sie. Mehr nicht. Sie kam unter der Bettdecke

hervor, die in den letzten Wochen der Schwangerschaft dauerhaft auf dem Sofa lag, und eilte zur Toilette.

Die ersten Wehen begrüßte sie fröhlich und neugierig, wie Gäste, die sie schon in der Tür stehend erwartet hatte.

Sie wand sich nach innen, ich mich nach außen. Ich brachte den Plastikmüll und das Altglas weg und ging einkaufen. Milch, Brot, Obst, Klopapier. Ich bereitete das Frühstück für den nächsten Morgen vor. Räumte das Haus auf. Es war, als würde ich die letzten Reste unseres alten Lebens in einer Schublade verstauen.

Sie hatte sich in der Zwischenzeit oben ins Bett gelegt. Als ich ins Schlafzimmer kam, zeigte sie auf die Wand.

»Mücke.«

Ich schlug sie mit einem Buch tot, das ich erst mal nicht weiterlesen würde. Ich rasierte mich, weil sie meine glatte Haut beim Küssen lieber mochte.

»Da kommt wieder eine«, sagte sie gegen Mitternacht. Wir waren zurück ins Wohnzimmer gezogen. Sie krümmte sich und hielt sich am Laufstall fest, der schon bereitstand. Sie kamen jetzt alle drei Minuten.

»Wie fühlt sich das an?«, fragte ich.

»Sensationell«, sagte sie.

Die Hebamme klingelte und hatte eine Tasche mit Gerätschaften dabei. Wir hörten das Herzchen wieder. Der Muttermund war noch nicht weit genug geöffnet, um ins Krankenhaus zu fahren. »Versuch, dich zu entspannen«, sagte die Hebamme. »Gönn dir eine warme Dusche.«

Tess wurde immer öfter von den Wellen überspült. Ich drückte meine frisch rasierte Wange gegen ihre.

Sie sagte: »Sag mir, dass ich es gut mache.«

So verbrachten wir die Nacht. Im Bett, unter der Dusche, wieder im Bett. Manchmal sagte sie: »Ruf an, ich halte das nicht mehr aus«, um die nächste Welle dann doch wieder über sich ergehen zu lassen. Während der Wehen drückte ich meine Faust knapp oberhalb des Gesäßes in ihren Rücken und rieb fest hin und her, um den Schmerz zu lindern.

So wurde es langsam Morgen. In den kleinen Pausen zwischen den Wehen kamen wir beide kurz zur Ruhe, und dann träumte ich wild oder halluzinierte, es waren surreale Minitrips, Cirque du Soleil, Salvador Dalí, *Requiem for a Dream*. Jede Wehe zog mich aus meinen Träumen, zurück ins Bett, ich drückte und drückte in ihren Rücken, bis meine Muskeln übersäuerten, fester, sagte sie, du musst das fester machen, und zwanzig Sekunden später war ich wieder im Zirkus.

Sie öffnete ihre Augen. Ein Spalt zwischen den Gardinen, ein Moment der Klarheit.

»Hey«, sagte sie, »es ist schon hell.«

»Euch erwartet bestimmt eine schöne Geburt«, sagte eine uns unbekannte Frau in der Empfangshalle des Diakonessenhuis in Utrecht. Sie legte Tess kurz eine Hand aufs Knie, ging ein paar Meter mit dem gelben Rollstuhl mit und sagte, alles werde gut. »Sehen Sie, wir halten sogar schon den Fahrstuhl für Sie auf.« Und tatsächlich stand eine andere Frau auf der Schwelle zwischen den beiden dicken silbernen Fahrstuhltüren.

In der Geburtssuite zog Tess sofort ihre Kleidung aus. Die Geburtsbadewanne war schon mit Wasser gefüllt. Ich fragte, ob sie ihren Bikini haben wolle, der war in der Tasche. Es klang merkwürdig, als wurde ich sie inmitten eines Hagelschauers fragen, ob sie Lust auf ein Magnum Almond hätte.

»Nein«, sagte sie, »ich gehe nackig rein« – und auch das kindliche Wort fiel mir auf.

Stundenlang hing sie in allerlei Positionen über dem Rand der großen, runden Badewanne, wie ein Boxer in den Seilen eines Rings. Es tat sich nichts. Sie hatte seit fast sechzehn Stunden Wehen, sie konnte langsam nicht mehr. Sie bekam Schmerzmittel. Ich konnte ihr Gesicht nicht mehr festhalten, weil ihr eine Art Maske mit Mundstück und Gummiband angezogen wurde, mit der sie Lachgas einatmen konnte.

Es half nicht. Sie wurde panisch. Sie sagte: »Es reicht nicht.« Und es machte mich fertig, ich sah ihren Schmerz und wollte allen zurufen, dass sie ihr verdammt noch mal helfen sollten, und ich sah, wie alles einstürzte, der Glaube, der Wille, und ich hatte sie noch nie so verletzlich gesehen.

Ein paar Stunden zuvor hatte ich auf die Uhr gesehen und gedacht: Vielleicht trage ich gegen Mittag ein Maxi-Cosi unsere Treppe hoch. Ich hatte mir vorgestellt, dass mein Sohn einfach da wäre, dass er ins Wasser glitt und wie ein Goldklümpchen aus den Untiefen gesiebt würde. Eine erste Garderobe lag für ihn bereit. Ich hatte Tess, der lustigen, klugen, tapferen, starken Tess, immer wieder gesagt, wie gut sie es machte. Ich hatte eine Bluetooth-Box aus der Tasche geholt und die von uns sorgfältig zusammengestellte Playlist *Beruhigend* angemacht.

Sie sagte: »Ich will ihn so gerne halten.«

Ich sagte: »Er ist fast da.«

Sie sagte: »Er ist fast da, oder?«

Er war nicht fast da. Die Hebamme verpackte es in der beschönigenden, positiven Sprache, die für ihren Beruf so typisch war, aber ich hörte, dass der anfängliche Optimismus allmählich aus ihrer Stimme verschwand.

Tess war nach zwanzig Stunden Entbindung erschöpft. Die Intensität der Wehen nahm ab, das Baby rutschte nicht weit genug runter. Die Hebamme tauchte das Dopton ins Wasser und suchte nach dem Herzschlag. Fünf, sechs, sieben Sekunden lang nichts.

Ja, doch, da war was, da hörte man ihn noch.

Sie stand auf und verschwand minutenlang, um sich zu beraten. Als sie zurückkam, sagte sie: »Wir müssen in die medizinische Abteilung.«

Sie musste ihren Ring abnehmen, weil sie ein Mittel bekam, von dem ihre Finger anschwellen konnten. Es wurden EKGs gemacht. Es wurde ein breites fahlgelbes Band um ihren Bauch gespannt. Sie bekam Wehen auslösende Medikamente und Remifentanil, ein Schmerzmittel, das sie sich selbst mithilfe einer Fernbedienung verabreichen konnte. Sie hatte sich nur mit Mühe auf das Krankenhausbett hieven können. Sie übergab sich.

Ich schloss die gelben Gardinen und entzog uns einem warmen Sommertag.

Zwischen den beiden Zimmern lagen nicht einmal zehn Meter, aber wir waren nicht mehr in der Geburtssuite. Wir waren im Krankenhaus. An ihr hingen Schläuche, überall piepte es. Alle paar Minuten schlugen sie Alarm. Gynäkologen und Assistenzärzte liefen rein und raus. Sie stellten sich vor, und ich vergaß ihre Namen sofort wieder.

Ich bückte mich, um unter den Schläuchen durchzukommen, und sah auf der Toilette in den Spiegel. Dunkle Flecken auf dem grauen T-Shirt unter meinen Achseln. Was sollte ich ihr sagen? Wir waren den Ärzten ausgeliefert. Die Ziellinie war verlegt worden. Die Menschen am Bett hatten keine Lösung, keinen Plan, an den man sich klammern konnte. Ich wusch mir die Hände, ging wieder ins Zimmer – wo nichts so war, wie ich es mir vorher vorgestellt hatte.

Er war nicht nur ein Sternengucker, sondern lag auch mit dem Scheitel nach unten, anstatt mit dem Kinn an die Brust gedrückt. Das Wort, das sie verwendeten, die Menschen in den weißen Kitteln, war »ungünstig«.

Ich sagte ihr, dass ich sie liebte.

Sie sagte: »Ich fühle, wie er sich dreht.«

Sie war die Gebärende und diejenige, die die Hoffnung am Leben hielt.

Der Herzschlag, die Atmung. Das Piepsen, die Monitore. Ich hörte: »Jetzt darf es nicht mehr lange dauern.« Die Playlist *Beruhigend*, mit 73 Songs und einer Spieldauer von 4 Stunden und 17 Minuten, war zu Ende.

Ich fragte die Ärzte noch einmal, ob alles in Ordnung war »mit Tess und dem Kind«, so wie ich es ungefähr jede halbe Stunde gefragt hatte. Ein neues Gerät wurde reingefahren. Ich spürte die Anspannung, ihre Schritte wurden schneller, ihre Bewegungen nervöser, ihre Blicke flüchtiger. Ich hörte: »Das wird eine knappe Kiste.«

Direkt hinter Mannheim fahren wir mit einem unbestimmten Summen und dem hohen Piepen einer Flatline in den nächsten Tunnel. Die Lichter schießen vorbei.

Kurz hat es den Anschein, als wollte mein Abteilnachbar etwas sagen, aber er hält sich zurück. Vielleicht bemerkt er meinen Zustand, sieht, mit wie wenig ich ihm nur noch gegenübersitze.

Wie auch immer, ich komme ihm zuvor. »Ich gehe kurz zur Toilette.«

Ich lasse Tess' Buch bei ihm liegen und laufe entgegen der Fahrtrichtung, um mich noch etwas weiter von ihrer Aufforderung zu entfernen. Um Zeit zu gewinnen. Eine Antwort auf ihre Frage zu formulieren.

Vor der Tür der Zugtoilette, kurz bevor ich reingehe, halte ich inne. Ich muss plötzlich an das eine Mal denken, als ich vor der Tür des Häuschens am Waldrand von Tronçais stand.

Sie brachte Dinge nie zum Abschluss. Als wir eine Eigentumswohnung kaufen wollten, hatte sie berechnet, was für einen Kredit wir bekommen könnten, wie viel wir insgesamt brauchen würden – aber einen Termin für eine Besichtigung vereinbarte sie nicht. Sie konnte die Stellenanzeige einer Agentur bis ins kleinste Detail studieren, aber sie schrieb keine Bewerbung. Wenn ich von etwas überzeugt war, ließ ich nicht mehr locker. Manchmal hatte es mich gestört, dass wir diese Eigenschaft nicht teilten. Oder genauer gesagt: Ich verstand es einfach nicht. Es dauerte eine Zeit lang, bis ich herausfand, dass es keine Versagensangst war, keine mangelnde Motivation oder Selbstdisziplin und auch keine Kontaktscheu. All das spielte keine Rolle. Es war, als hätte sie sich einfach daran gewöhnt, dass es genügte, wenn sie bereit wäre. Dann würden die Dinge sich schon fügen. Der nächste große Auftrag, die nächste Lebensphase. So war es schließlich immer gelaufen.

Aber jetzt – jetzt wusste sie, was sie wollte, und war nicht mehr zu bremsen. Sie kontaktierte Verlage. Sie zeichnete und zeichnete. Sie verlor sich in den winzigsten Details. Die Windrichtung, eine Dachpfanne, die schief auf einem ihrer Häuschen lag, das Logo einer Sportmarke auf einem Baseballcap, das in dem gedruckten Buch mit dem bloßen Auge sowieso nicht erkennbar wäre. Sie zeichnete ganze Szenen aus dem Gedächtnis nach. Der Jasmintee, den ich morgens auf einen Hocker neben sie stellte, war mittags dunkel geworden, dünne Risse auf der Oberfläche. Meistens schaute sie nicht auf, wenn ich die Tasse wieder mitnahm.

Wenn sie abends runterkam, saß ich noch über eine Beschwerde oder ein Projekt gebeugt, angetrieben vom irrationalen Gedanken – und das war mir bewusst, aber was man weiß, kann man ganz leicht wegschieben, wenn es nicht mit dem übereinstimmt, was man fühlt –, dass das Durchkreuzen der Autobahnpläne einen Unterschied machen würde.

Ich blieb hartnäckig: Wer das Leben von eintausendfünfhundert Bäumen rettete, kompensierte den Ausstoß eines halben Menschenlebens. Das Gefühl der Machtlosigkeit konnte auf Abstand gehalten werden, solange ich die Macht über etwas hatte, und auf meine Argumente gegen den Autobahnausbau waren andere angewiesen.

Ich bemühte mich, Bäume zu retten, sie machte Bücher aus ihnen.

In dem Versuch, sich wieder näher zu kommen, plante ich einen Trip nach Frankreich. Eines Morgens stand das Auto – so wie in zwei Dritteln meiner Fantasien, die ich ihr irgendwann einmal anvertraut hatte – startklar vor der Tür. Die Heckklappe geöffnet, die Taschen im Kofferraum. Ich lief um das Auto herum und setzte mich hinters Steuer, neben sie, die Sonnenblende schon runtergeklappt.

Es half sofort. Ich empfand eine unglaubliche Glückseligkeit, weil alles auf das Wesentliche reduziert war: Sogar unsere Wohnung würden wir in den nächsten beiden Wochen nicht benötigen. Wir fuhren am Ende der Straße um die Kurve, und ich dachte über den Moment nach, den man nie genau bestimmen kann, der aber dann eintritt, wenn das Letzte, das man kennt, außer Sichtweite gerät, die Orte, wo man noch entlangspaziert ist oder wo man auf einer Party von Freunden von Freunden war, man fällt vom Rand der eigenen Welt und wird frei.

Wir fuhren acht Stunden am Stück, ohne anzuhalten, um Antwerpen herum und quer durch Paris, und dann streckten wir mitten in Frankreich unsere steifen Körper, am Waldrand von Tronçais. Wir steckten den Schlüssel in die

Tür des kleinen Holzhauses, das schon seit Jahrzehnten guten Freunden ihrer Eltern gehörte und wo sie früher immer Urlaub gemacht hatten. Es roch nach trockenen Tannenzapfen. Das Haus hatte ein Dach, dessen Form an eine Skisprungschanze erinnerte und sich nach dem höchsten Punkt senkte, um am Ende wieder einen Bogen nach oben zu machen, damit auch das kleine, unter den tief hängenden Zweigen einer alten Eiche gelegene Nebenzimmer bedeckt wurde.

In dieses Zimmer setzte sie sich am nächsten Morgen, um weiterzuarbeiten. Sie hatte all ihre Sachen mitgenommen, die großen Papierbögen, Bleistifte, Farben, Buntstifte und Stempel. Den Laptop, um auch digital arbeiten zu können. Ich gesellte mich dazu und überlegte mir drei Themen mit jeweils zwölf Fragen für einen Quizabend, den ich für eine Bibliothek in Utrecht organisieren sollte. Ich hörte ihr beim lauten Nachdenken zu. Um sechzehn Uhr ließen wir alles stehen und liegen, um einkaufen zu gehen und zu kochen.

An einem der Nachmittage fuhren wir in die Stadt. Wir schlenderten über die alte Stadtmauer und durch enge Gassen mit ungleichmäßig gelegten Klinkern. In einer Bäckerei sahen wir drei jungen Frauen dabei zu, wie sie das Sauerteigbrot auf dicken Holzbrettern kneteten und in den Ofen schoben. Wir setzten uns auf eine Caféterrasse, wo es nach frittiertem Fisch roch und der unebene Steinboden in unsere Füße drückte, wir bestellten eine Flasche Wein und sprachen über ihr Buch und ihre ungezügelte Lust auf Abenteuer, auf Reisen, auf Neues, einen Drang, den ich weniger stark verspürte. Ich entgegnete, ich hätte immerhin das hier geplant, und sie sagte lachend: Vielleicht änderst du dich ja doch noch. Abends nahmen wir ein Taxi zurück zum Haus, unser Auto wollten wir am nächsten Tag abholen.

Aber das taten wir nicht. Bis spät in den Morgen lagen wir im Bett, ich zusammengefaltet an ihr, mein Kopf auf ihrem Schambein. Danach bereitete ich auf dem alten Dreiflammenherd aus Emaille Haferbrei mit getrockneten Früchten, Blaubeeren und Nüssen zu. Ich rührte mit einem Holzlöffel im Topf, betrachtete das Bild auf der Kachelwand hinter dem Herd und überlegte, dass ein Urlaub oft nichts anderes ist als eine schamlose, unmittelbare Befriedigung von Grundbedürfnissen, essen, trinken, Sex und schlafen, alles in seiner reinsten Form, in einem Leben, das so gesegnet war und sich so unwahrscheinlich gefügt hatte, dass es manchmal unheimlich anmutete, wie viel gut gegangen war, um gemeinsam hier zu landen.

Ich las keine Zeitungen, und sie hatte nach der Ankunft sofort den Stecker vom Router gezogen, sodass ich nicht mehr täglich mit Prognosen und Warnungen von Wissenschaftlern versorgt wurde, denen schon seit Jahren keine andere Zusammenfassung mehr einfiel als »Es wird eine enorme Herausforderung, aber wenn wir heute anfangen, können wir es noch schaffen«. Wobei all diese Heutes ins Land zogen, ohne dass die Newsseiten und Nachrichtensendungen verkündeten, dass genau an diesem einen Tag tatsächlich die Rettung der Welt eingesetzt hatte und dass alle bald eine Mappe im Briefkasten vorfinden würden, mit einem verständlichen und stichhaltigen Stufenplan, inklusive freundlicher Piktogramme. Jeden Tag, an dem die Anführer der Weltmächte nicht augenblicklich eine Telefonkonferenz einberiefen und mit sofortiger Wirkung eine groß angelegte Aktion ankündigten, schraubte sich die Keeling-Kurve weiter hoch, unbeirrbar und ungeachtet aller guten Absichten, Versprechen, Dokumentationen von Hollywoodgrößen und auf Ampeln geklebten Sticker von Protestgruppen. Kein einziger Wissenschaftler wusste noch, wie er nicht alarmierend klingen konnte, ohne zu verleugnen, was er wusste. Sie sagten es immer wieder, und jedes Mal, wenn ich es hörte, schnürte es meine Kehle ein Stückchen weiter zu.

Zwischendurch gab es genug Momente, in denen ich es vergaß, in denen ich normal atmen und lieben konnte. Ich kaufte ein Notizbuch, um alles aufzuschreiben, was geschah und was ich nicht vergessen wollte, ich machte eine Radtour über den Heuvelrug und schaute innerhalb weniger Monate alle Wes-Anderson-Filme. Dennoch überfiel es mich in unerwarteten Momenten. Die Überschrift eines auf Facebook geteilten Artikels, eine Nachrichtensendung über den x-ten Klimabericht, eine unachtsame Bemerkung in einem Gespräch. Manchmal meinte ich auch nur, es in einem Gespräch zwischen Fremden gehört zu haben, das ich auf der Straße oder in einem Café aufgeschnappt hatte.

Ein paar Monate zuvor hatte sich etwas verschoben. Ich weiß nicht genau, warum, aber vom einen auf den anderen Tag ging ich dem Ganzen nicht mehr aus dem Weg. Vielleicht konnte man ihm schlichtweg nicht mehr aus dem Weg gehen, oder ich war zu dem Schluss gekommen, dass das auch nicht half. Also wollte ich alles wissen. Es umarmen, ihm in die Augen sehen. Ich abonnierte Newsletter von Experten, ich las Reportagen und Essays. In Buchläden griff ich nach den Büchern, deren Umschläge trockene, rissige Erde, wütende Flammen und das Abtauen der Eisberge zeigten. Ich hörte mir ein Hörbuch mit dem Titel *Our Final Warning: Six Degrees of Climate Emergency* an, eine nüchterne Auflistung verschiedener Schlussfolgerungen der aktuellen Berichte. Immer wenn ein kohlrabenschwarzes, apokalyptisches Zukunftsszenario, mit dem die Folgegenerationen definitiv konfrontiert werden würde, in einem unheilvollen, trostlosen Schlusssatz zusammengefasst worden war, wurde das nächste mit einem Satz wie »Und es wird noch schlimmer« eingeführt. Vor einem Jahr hätte ich mich nicht einmal in die Nähe eines solchen Titels getraut, aus Angst vor dem schweren schwarzen Lehmkloß, den ich dann im Hals gehabt hätte.

Fast alle gingen dem Thema in jenen Jahren aus dem Weg, so wie auch ich das getan hatte, da war ich mir sicher. Sie drehten sich weg wie vor dem Geräusch, das Nägel auf einer Tafel erzeugen, oder sie wagten die Flucht nach vorn, wie die kinderlosen Männer, die schulterzuckend und mit einer machohaften Lockerheit erklärten, der Zug sei sowieso schon abgefahren.

Aber damit war jetzt Schluss. Jetzt wollte ich wissen, was es zu wissen gab. Manchmal fühlte es sich sadomasochistisch an, andere Male vollkommen rational. Wenn ein Lastwagen auf mich zurasen würde, wollte ich davor gewarnt werden, auch wenn ich bis zum Äußersten gehen müsste, um dem Fahrzeug im allerletzten Moment auszuweichen.

»Wenn wir so weitermachen«, las und hörte ich überall. So fingen die Sätze an, die fast alle in ein Zukunftsszenario mündeten, in dem nur noch die Allerreichsten die Möglichkeit hätten, sich in die Hochgebirge von Europa, nach Grönland, auf die Südinsel Neuseelands oder an die etwas kühleren Küsten von Alaska zu retten, während der Rest des Planeten Dürre und Waldbränden ausgesetzt wäre. Dabei wusste ich mittlerweile, dass wir nicht so weitermachen würden. Das hatte ich zusammen mit allen anderen ein paar Jahre lang geglaubt, als im Westen keine einzige Kursänderung möglich war, ohne dass die Wähler scharenweise zum wissenschaftsverhöhnenden, populistischen, rechten Rand des politischen Spektrums rannten und die Demokratie ins Wanken geriet. Heute glaubte ich das nicht mehr. So unrealistisch es war, dass jetzt sofort alle zusammenarbeiten würden und einen allumfassenden Plan vorlegten, so unrealistisch war es in zunehmendem Maße auch, dass wir nichts tun würden.

Aber in Frankreich las ich nichts, fast eine Woche lang, und das diffuse Gefühl verschwand, auf der vollen Autobahn ständig auf der Hut sein zu müssen. Anfangs dachte ich, ich hielte mich selbst zum Narren und ignorierte es einfach wieder, wie die vielen anderen, doch dann bezweifelte ich genau das. Was, wenn die ständige Konfrontation mit allem, was man zu fürchten hatte, gar nicht der richtige Weg war, damit umzugehen? Wer trifft langfristig die richtigen Entscheidungen, wenn die Scheinwerfer eines Lastwagens auf einen zurasen?

Vielleicht hatte sie am Abend zuvor recht gehabt, und ich veränderte mich wirklich.

Morgens machte ich nach dem Frühstück einen langen Spaziergang, während sie arbeitete. Zurück zu Hause kochte ich mit dem trägen Perkolator Kaffee, und danach ging ich automatisch zu der dünnen Holztür des Nebenzimmers, das sie in ihr Atelier verwandelt hatte.

Ganz kurz war ich mir sicher, dass ich hineingehen und sagen würde, dass ich es doch wollte. Dass wir es machen sollten. Dass ich es jetzt viel klarer vor mir sah als vorher. Ich spürte – und das passierte alles in den paar Sekunden vor der Tür – die Intensität eines Optimismus, den ich weder verdrängte noch wie ein Außenstehender analysierte, sondern wirklich zuließ. Es war, als öffneten sich Jahrzehnte für mich. Oh, ich würde so glücklich sein, sie ansehen zu können und es ihr zu sagen.

Und später, Jahre später, könnte sie erzählen, wie alles begonnen hatte. Eines Mittags stand dein Vater in der Tür, ich zeichnete bei Lampenschein, weil diese Hausseite morgens kaum Sonnenlicht abbekam, er kam zu mir und setzte sich neben mich auf die mit Filz bezogene Sitzbank, und er sagte: Vielleicht sollten wir mal jemandes Vater und Mutter werden.

Ich klopfte an die Tür.

Der Zug schaukelt hin und her, während ich im Spiegel der Toilettenkabine sehe, wie sich die Müdigkeit in meinem sich zusammenkneifenden linken Auge sammelt. Meine Schulter zieht. Was soll ich nachher zu ihr sagen? Ich gehe zurück zu meinem Platz und schaue unterwegs hoch in die runden, grellen Lampen an der Decke. Ihr Echo macht mich jedes Mal für ein paar Sekunden blind. Auf dem Bildschirm nähert sich die Geschwindigkeit dreihundert Stundenkilometern. Wir sind noch fünfundzwanzig Minuten von Stuttgart entfernt. Dieser Teil des Zuges ist voll. Ich warte eine halbe

Minute zwischen zwei Plätzen, um andere Leute vorbeizulassen. Ein niederländisches Ehepaar legt anscheinend die gleiche Strecke zurück wie ich. Anderthalb Stunden in diesem Zug, sagt die Frau, dann ein Stadtbummel und dann sind sie gegen 19 Uhr im Hotel. Ich merke, wie es mich stört, dass sie das gleiche Ziel haben. Ich will ungesehen bleiben und mit niemandem synchron sein.

Der Mann, mit dem ich mir das Abteil teile, dreht sich zu mir um, als ich die Tür aufschiebe. Er schaut mich an, als wollte er fragen: Und?

Sie war nicht da. Es lag nur ein Blatt Papier auf dem Tisch, auf dem sie das Bücherregal an der gegenüberliegenden Wand nachgezeichnet hatte. Ich erkannte ihre Nachbildung der vollständigen *Encyclopédie de Diderot et d'Alembert,* von der sie einige Bände angesehen oder nur aufgeschlagen und auf den runden Tisch gelegt hatte, um ein Bild zu erzeugen, um etwas nachzeichnen zu können. Es war eine Skizze, mehr nicht. Ich wusste, dass sie es manchmal stundenlang nicht schaffte anzufangen. Alles andere würde daraus hervorgehen, würde im Anfang enthalten sein, und das fand sie schwierig. Doch wenn sie erst mal einen Anfang hatte, funktionierte es wie von selbst; einen einzigen Bogen, eine leichte Schraffierung, einen Lichteinfall, in dem alles, was daraus entstehen könnte, bereits sichtbar war.

Aber sie war nicht da.

Ich suchte eine Weile nach dem Haustürschlüssel. Es gab nur einen, und den hatte ich in den letzten Tagen immer an den Haken gehängt, der in die Rückseite der Holztreppe genagelt worden war. Hatte sie ihn mitgenommen?

Als ich sie anrief, vibrierte ihr Handy auf der Fensterbank.

Der Schlüssel lag auf der Treppe, auf der fünften Stufe von unten. Da hatte ich ihn anscheinend selbst hingelegt, am Abend zuvor, als wir mitten in der Nacht nach Hause gekommen waren, bevor wir Sex gehabt, geschlafen und wieder Sex gehabt hatten, ich das Frühstück zubereitet hatte und sie danach wieder in das Nebenzimmer gegangen war.

Ich verließ mit dem Schlüssel das Haus.

Sie kannte die Wege hier besser als ich, seit ihrer Kindheit hatte sich bestimmt nicht viel verändert. Der Wald von Tronçais kam mir plötzlich groß und unberührt vor. Das war kein geplanter, mit dem Maßband abgemessener niederländischer Kompensationswald, der den wirtschaftlichen Interessen sofort geopfert würde, sobald dafür eine juristische List ersonnen worden war, in einem Land, wo inzwischen jeder Quadratzentimeter aufgeteilt war und ein autofahrender Richter hinzugezogen werden musste, um zu bestimmen, wie weit man sich über die Grundstücksgrenze beugen durfte, wenn man seinen Nachbarn bedrohte.

Genau genommen gab es nur zwei Wege. Über den einen waren wir hierhergekommen. Er war breiter, mit Fahrrinnen dort, wo die Autos ihr Gewicht geltend gemacht hatten. Der andere war höchstens einen Meter breit, fing direkt hinter dem Haus an und mäanderte durch den Wald.

Ich ging einen Kilometer oder zwei, drei. Der Pfad ging bergauf, wieder bergab. Er führte manchmal über ein ausgetrocknetes Flussbett oder schlängelte sich an einem Baum vorbei, als wäre der erst im allerletzten Moment aufgetaucht. Die Sonne kletterte höher, es wurde immer heller. Grell reflektierten die Blätter der Eichen das Sonnenlicht.

Es gab keine Abzweigungen. Der einzige Weg führte unweigerlich zu ihr.

Sie saß auf einem gefällten Baum.

Der Optimismus, der mich kurz zuvor noch zehn Kilogramm leichter hatte fühlen lassen, war verschwunden. Sie blickte auf, wirkte aber nicht überrascht, mich zu sehen.

Ich setzte mich neben sie und sagte eine Zeit lang nichts.

Und dann: »Wolltest du einfach mal raus?«

»Ich weiß nicht, was ich wollte. Ich bin einfach losgegangen.«

Ich spielte mit dem Schlüssel in meiner Hand. »Was ist los?«

»Das ist gerade alles zu viel«, sagte sie. Ich merkte, wie ihre Stimme brach. Sie vergrub ihr Gesicht in den Händen.

»Was ist denn los?«

Sie schwieg lange. Ich wusste, dass ich warten musste. Es gab keinen Zweifel, dass sie mich gehört hatte, auch wenn ich mich irgendwann doch wieder fragte, ob sie mich gehört hatte. Sie legte ihre Hände um den Schlüsselbund in meiner Hand, damit das Klimpern aufhörte. Sie wollte etwas sagen, holte tief Luft, doch es kam nichts, und die Luft entwich ihrer Lunge wieder, ein kontrolliertes, leicht zittriges Ausatmen.

»Du hast das alles genau durchdacht«, sagte sie schließlich. »Du weißt schon, was du willst. Manchmal beneide ich dich darum. Dass du alles genau weißt.«

Ich sah sie an. Sie sagte: »Ich meine nicht: Oh, la, la, der weiß genau, wie es läuft.«

»Ich weiß gar nicht, wie es läuft«, sagte ich. »Ich weiß eigentlich gar nichts.« Ich bemerkte meine falsche Bescheidenheit, die mir unangenehm war.

Sie seufzte. »Ich meinte: Du weißt, worauf deine Entscheidungen beruhen. Ich wusste das ziemlich lange nicht. Ich wusste zwar, was ich wollte, aber nicht, warum. Und es fühlt sich … es fühlt sich in letzter Zeit oft so an, als würde ich dem Leben hinterherrennen. Immer dann, wenn ich in seine Nähe komme, verschwindet es hinter der nächsten Ecke.«

Sie wirkte anders als sonst. Für gewöhnlich war sie gut darin, Rückschläge zu leugnen. Oder noch besser: ihnen auszuweichen. Manchmal kam es mir so vor, als könnte sie drum herumdenken. Sie konnte es so drehen, für sich und für andere, als würde alles, was ihr passierte, perfekt mit ihren Wünschen übereinstimmen. Den Vorteil einer entstandenen Situation konnte sie in den Fokus rücken, das, was hätte sein können, war fortan eine Abzweigung, die sie sowieso nie hatte nehmen wollen, sogar wenn sie alles noch mal machen könnte. Sie war die Geschichte, die sie weitererzählen wollte.

Aber vielleicht würde sie sie nie weitererzählen.

Ich konnte ihr nicht sagen, was ich noch vor einer Stunde gedacht hatte, als ich vor ihrer Tür stand. Es war schon wieder weg. Es war wie das Gefühl nach einem Film. Der Abspann läuft noch. Man hat sich die Leben der Figuren angeeignet, sie haben sich in den eigenen Gedanken eingenistet, in den Körper. In diesem Moment verlangt man noch danach – was auch immer es ist. Dort tanzen. Diese Kleidung tragen. Den Kopf an dieses Fenster lehnen. Auf diesein Platz im Bus sitzen. Auf dieser Party sein. Dieses Glück fühlen – oder diese Trauer. Aber dann steht man auf und geht in die Küche, und man schüttelt die Sinnestäuschung von sich ab. Man trinkt ein Glas Wasser, geht zurück ins Zimmer, spricht über etwas anderes, und man weiß nicht genau, ob man dieses Gefühl wiedererkennen würde, wenn man ihm noch mal begegnet.

Wenn ich mich verändert hatte, dann hatte auch sie sich verändert. Auf diesem Baumstamm hörte ich ein bitteres Aufgeben, das nicht zu ihr passte, ein beschädigtes Ideal.

»Es geht nicht, Robin«, sagte sie, als hätten wir unsere Rollen getauscht.

Sie atmete durch den offenen Mund aus, als wäre sie lange unter Wasser gewesen und gerade wieder aufgetaucht.

Weiter vorn im Zug lärmt der Klingelton eines Smartphones wie ein Feueralarm. Ich richte mich auf. Mein Kopf ist schwer vom Luftdruck im Abteil. Meine Ohren schmerzen. Die Reise hat mich ermattet. Nachdenken kostet Mühe. Und vielleicht sieht er das – der Mann mit den getönten Brillengläsern, der Musikwissenschaftsdozent auf Turnschuhen, der Bitburger trinkt und mir eine Weile zugehört hat, denn er fragt nicht mehr weiter.

Ich sage: »Erzählen Sie mir was.«

Er lacht herzlich: »Wirklich?«

»Ja.«

»Wie viel Zeit haben wir noch?«

Wir schauen beide auf unsere Armbanduhren. Zehn Minuten. Er sagt: »Ich muss in Stuttgart aussteigen.«

»Ich weiß. Unterrichten Sie heute auch noch?«

»Nein, aber ich habe einen Termin an der Universität. Ich glaube, ich höre dort bald auf.« Plötzlich entschlossen: »Ja, nach diesem Semester höre ich auf.«

»Warum?«

Er macht eine Geste, die sagen sollte: Wer weiß schon, warum Menschen bestimmte Dinge tun? »Irgendwann ist man einfach fertig damit«, sagt er. »Es geht immer wieder vor vorn los. Jedes Jahr habe ich andere Gesichter vor mir, aber es sind auch jedes Jahr die gleichen Gesichter wie im Jahr davor. Verstehen Sie, was ich meine? Sie haben die gleichen Taschen gekauft, sie wohnen in den gleichen Vierteln, sie haben die gleichen Träume und die gleichen Augen. Meistens kann ich schon am ersten Tag sagen: Diese zwei oder drei Studierenden werden ihr Studium abbrechen. Weil sie aufgeben werden, bevor sie so gut sein können, wie sie es von sich selbst verlangen. Weil es ihnen nicht schnell genug geht. Manchmal weiß ich sogar schon, in welchem Semester – und manchmal auch, in welchem Kurs – ich sie zum letzten Mal sehen werde. Und ich versuche, sie aufzuhalten. Ich reise immer wieder in der Zeit zurück und versuche, die Fehler, die ich früher gemacht habe, wettzumachen. Ich versuche, der jungen Frau, die ich letztes Jahr ihrem Schicksal überlassen habe, weil ich dachte, sie sei so fokussiert und fest entschlossen, dass sie es von sich aus schaffen würde, mehr Aufmerksamkeit zu schenken. Vom einen auf den anderen Tag war sie weg. Ein Jahr später sitzt sie wieder da, natürlich nicht buchstäblich, aber Sie wissen schon, was ich meine, und ich gebe mir wirklich Mühe, aber nach ein paar Wochen merke ich, wie meine Aufmerksamkeit das Gegenteil bewirkt, dass sie in Ruhe gelassen werden will, um sich in den Partituren, in ihrem Spiel verlieren zu können, in allem, was es zu lernen gibt. Somit ziehe ich mich zurück – und sie ist weg. Im nächsten Jahr gebe ich ihr meine volle Aufmerksamkeit. Jetzt gebe ich wirklich alles. Ich sage, ich würde ihr Talent erkennen, aber sie müsse Geduld haben. Ich male ihre Zukunft aus. Und es ist egal, was ich mache, denn eines Freitagmorgens sehe ich sie an und weiß: An diesem Wochenende beschließt du, dass das hier nichts für dich ist, und du fängst ein neues Leben an. Und du siehst mich nie wieder. Ich dich aber schon. Du hast die gleiche unsichere Stimme im selben Raum mit derselben Akustik, und ich werde dich auch diesmal nicht retten können. Wieder wirst du mir am zweiten Novemberwochenende entgleiten.«

Er zuckt mit den Schultern, sieht nach draußen und unterdrückt ein Gähnen. Das Zugfahren macht alle träge.

»Vielleicht spüren sie es irgendwie«, sagt er. »Merken, dass sie hier schon mal gesessen haben, genauso schüchtern und mit haufenweise Ambitionen und Naivität, und mit Eltern, die sie dazu gedrängt haben. Oder mit solchen, die sie davon abhalten und sie zu Jura oder Zahnmedizin überreden wollten – und sitzen deshalb hier. Auch nicht gut. Und vielleicht spüren sie allmählich, dass sie mir ein Jahr zuvor auch schon zugehört haben, und das Jahr davor, und dass es damals genauso lief. Dass also alles schon feststeht.«

»Vielleicht«, sage ich.

Der Zug wird langsamer. Das insektenhafte Brummen wird tiefer.

»Aber wenn das so ist und ich nichts daran ändern kann,

dann bin vielleicht ich derjenige, der dort nicht mehr stehen sollte. Der sagen muss: Es reicht. Das hier war alles, was ich zu sagen habe.«

Stuttgart wird angekündigt. Ich merke, dass ich einige Zeit nicht mehr an Tess gedacht habe.

»Na ja«, sagt er, und damit ist die Luft raus aus unserem Gespräch. Der Gang füllt sich mit Fahrgästen. Ich habe das Gefühl, ihm noch etwas sagen zu wollen, aber ich weiß auf die Schnelle nicht, was, und dann ist es auch schon zu spät. Jemand, der ebenfalls aussteigen muss, erkennt ihn – ein Kollege, vermute ich. »Ach, schau mal einer an«, sagt er und hebt die Hand. Mein Abteilnachbar steht auf, nimmt die Jacke vom Haken und einen Hut von der Ablage über sich und schließt sich ihm an. Ein letztes Mal dreht er sich zu mir um, lüftet seinen Hut, als hätte er sich das Ding eigens dafür auf den Kopf gesetzt, und verschwindet.

Am Ende des Sommers, wir waren seit ein paar Wochen wieder zu Hause, kam Tess runter.

Sie sagte: »Es ist fertig.«

Am nächsten Tag ging sie zum Verlag. Natürlich hätte sie es einfach digital einreichen können, aber das wollte sie nicht. Sie musste es so machen. Das fühle sich gut an, sagte sie. Mit einer grünen Mappe von Canson und einer Tasche mit Laptop und Zeichenutensilien verließ sie das Haus, als wollte sie vor Ort den Entstehungsprozess nachbilden.

Sie war zwei Stunden lang weg.

Als sie wiederkam, setzte sie sich auf das Sofa und fing an zu weinen. Sie zog ihre Jacke nur halb aus und ließ ihre Sachen auf den Boden fallen.

»Was ist los?«, fragte ich.

Sie zuckte mit den Schultern. »Jetzt ist es fertig«, sagte sie.

Das Leben kehrt zurück, erst in seine Hände, die sich auf der Suche nach schnellem Halt an meinem Shirt festklammern, dann in seine Beine, plötzlich unbequem in die Froschposition gezwungen, und schließlich in seine Augen, die zögerlich das Sonnenlicht zulassen. Behutsam sieht er sich aus seiner Trage heraus um, wartet geduldig auf erste Worte, als wären die noch zu seinem Arbeitsspeicher unterwegs. Ich lasse ihn machen. Ich flüstere ihm etwas zu. Er reagiert noch nicht. Wir schauen aus dem Fenster. Lastwagen auf der Autobahn, ein paar Windräder, die Enden der Rotorblätter rot gestrichen. Der letzte Rest Schlaf trudelt aus seinem Körper. Und dann, plötzlich: die volle Präsenz. Eine Belebung, ein Schub Leben. *Noch ein Zug, Papa.* Er befreit seine Arme aus der beengenden Rüstung. Ich klicke den Gurt an seinem Rücken auf und befreie uns beide aus der feuchten Umarmung. Dann hebe ich ihn hoch und überlasse ihm den Fensterplatz.

Mein Handy vibriert: eine Sprachnachricht von Tess.

Ich hebe sie für später auf. Er hat geschlafen und wird sich, frisch aufgeladen, an allem erfreuen, was da an uns vorbeizieht. Zwanzig, dreißig Minuten vielleicht, bis das Repetitive zu ihm durchdringt und er sich bewegen möchte, klettern, herumlaufen, singen will, nach seiner Mutter fragt.

In diesem Moment, und deshalb noch nicht jetzt, werde ich sagen: Sieh nur, Mama hat uns eine Nachricht geschickt.

Gebannt schaut er nach draußen und ich zu ihm.

Man hört öfter, wie Väter älterer Generationen sagen, sie hätten ihre Kinder nicht aufwachsen sehen. Sie waren nicht da. Ich bin fast jeden Tag da, und ich verpasse trotzdem fast alles. Er streicht sich ein paar zerzauste Haare aus dem Gesicht, stellt sich auf die Zehenspitzen, um eine Tür zu öffnen, oder fragt von sich aus einen Passanten, wie der Hund heißt, und ich bin zwar physisch in der Nähe, aber das hier habe ich verpasst: den exakten Augenblick, in dem er es sich zu eigen gemacht hat, es so zu tun oder so zu sagen. Weil ich auf mein Handy geguckt, die Spülmaschine ausgeräumt habe, weil ich schlief, oder vielleicht geschah es sogar unter meiner Aufsicht, aber unter der Last der vom Stumpfsinn erzeugten Gleichgültigkeit ist es mir entgangen.

»Kann er auf meinen Bauch?«, fragte sie. Er stieß die schrillen Es eines Neugeborenen aus, seine gekrümmte Zunge vibrierte im zahnlosen Mund. Alles Gewesene schien vergessen. Das war nicht so, aber es wirkte so. Das Kind weinte, und Tess beruhigte es. »Ganz ruhig«, sagte sie. »Ganz ruhig, alles ist gut.« Es war fünfzehn Sekunden alt. Sie war hellwach, sie tröstete, sie war schon eine Mutter.

Ich schnitt die Nabelschnur durch, zäh wie ein Fahrradschlauch. Was das Zentrum der Welt gewesen war, wurde ein Nebenzimmer. Monitore und Geräte wurden abgekoppelt und aus dem Zimmer geschoben. Einer nach dem anderen schlichen die Ärzte auf den Flur, um sich neuen Betten und Leben zu widmen. Eine Krankenschwester, die wir noch nicht kannten, brachte den traditionellen Zwieback mit Anisstreuseln. Sollten wir noch irgendetwas brauchen, könnten wir auf den Knopf neben dem Bett drücken. Durst, sagte Tess. Wir wurden allein gelassen mit einem Baby und einem Tetrapack Apfelsaft.

Er schlief zwischen Plexiglaswänden in der obersten Etage eines fahrbaren, mannshohen Kastens. Jede Stunde streichelte ich mit meinem Daumen über die weiche Wange, um ihm ein halb erschrockenes Erwachen zu entlocken.

Ja, er lebte noch.

Um halb drei nachts schaffte ich es, mich von der Schlafcouch zu erheben, die an meinem nackten Rücken geklebt hatte. Ich wickelte meinen kleinen Sohn unter einer Wärmelampe und legte ihn zu Tess. Sie drehte sich auf die linke Seite.

Das Baby trank. Sie weinte. Sie sagte: »Ich liebe ihn so sehr.«

Wir gaben ihm einen Namen.

Wir waren von allen Seiten gewarnt worden, das Baby bloß nicht bei uns im Bett schlafen zu lassen, aber als wir erst mal zu dritt zu Hause und am Ende des Tages von der Wochenbetthebamme unserem Schicksal überlassen worden waren, machten wir es doch. Ohne physischen Kontakt zu einem von uns schlief er nicht, also versuchten wir abwechselnd, unter dem Geburtsgewicht wach zu bleiben.

So lag ich da und lauschte in jener ersten Nacht zu Hause seiner schnellen, unruhigen Atmung. Es war zwanzig nach drei, ich hielt mich selbst mit dem blauen Licht meines iPhones wach. Unter meiner Achsel ballte sich eine kleine Faust.

Warum es hier schlief, warum es manchmal weinen musste, trinken, an irgendetwas saugen wollte, ihm warm oder kalt war, es müde wurde, wieder einschlief und wieder erwachte: Dieses kleine Kind wusste es nicht, all das hatte einfach so begonnen.

Meine Eltern betraten die Wohnung, als könnte nicht nur das Baby, sondern auch alles andere im Haus mit einem zerreißenden Schreien erwachen, würden sie ihre Stimme auch nur minimal erheben. Mein Vater stand hinter meiner Mutter auf der Fußmatte und spähte durch den Türspion nach draußen, um sicherzugehen, dass ihnen niemand gefolgt war. Sie zogen sich die Schuhe aus und schlichen auf Zehenspitze die Treppe hoch.

In der ersten Woche öffnete ich fünf- bis zehnmal pro Tag die Tür. Zuerst morgens für die Hebamme, die sich immer pünktlich zur vereinbarten Zeit in Weiß und Pink einfand und die beiden Stockwerke erklomm, während ich auf Socken zum Parkautomaten lief, um das Kennzeichen ihres Citroën C3 und den Code unseres Anwohnerrabatts einzugeben. Tess' Eltern waren die Ersten, die ans Wochenbett kamen, und standen seitdem fast jeden Tag vor der Tür. Die Gynäkologin, die bei der Geburt dabei gewesen war, kam vorbei – durch ihre Haltung, ihre Art zu reden und ihre kleinen Tics kehrten bruchstückartig Erinnerungen an den einschneidenden Krankenhausaufenthalt zu mir zurück. Der Postbote klingelte jeden Tag gegen Mittag mit in Geschenkpapier gewickelten Vorlesebüchern und Spielzeug und Kleidung in Größe 50 und einem Heliumballon, der an die Decke schoss, sobald ich die Oberseite des Kartons geöffnet hatte. Freunde traten ein mit Lasagne für die Kühltruhe oder rohem Lachs, weil Tess den jetzt wieder essen durfte. Fremde klingelten, Ausläufer des Sozialstaates, die das Gehörvermögen testeten und ein kleines Loch in die Ferse piksten, alles musste kontrolliert und überprüft werden, sie fragten, ob es okay sei, wenn der Praktikant, der zögerlich danebenstand, auch mitkäme. Mit einer berufsbedingten Empathie – Wie geht es Ihnen jetzt, ich habe gehört, es war kompliziert – fragten sie vom Bettrand aus nach der Geburt, und Tess erzählte allen davon, und ich merkte, wie sie sich erholte, indem sie eine Geschichte daraus machte. Was zuerst noch unkontrolliert herausgeströmt war, wurde nach und nach zu einer geübten Antwort, zu einer Erzählung, die, ohne Pausen oder Auslassungen, auf das gute Ende – denn dort lag er schließlich – hinarbeitete.

»Ich bin gefahren«, sagte meine Mutter. »Dein Vater hat schlecht geschlafen.«

Sein Blick wanderte über den Flurboden. Dann sah er mich an. »Alles wird gut, das hatte ich gesagt, oder?« Seine Stimme war hoch, triumphierend. »Ich hatte es gesagt.«

Ich dachte, er spreche von der Geburt – auch wenn er dazu keine Prognose abgegeben hatte. In den letzten Wochen von Tess' Schwangerschaft hatte er oft Nudeln oder Erbsensuppe vorbeigebracht, aber er war nie über die Türschwelle getreten. Jetzt erinnerte er mich dermaßen vehement und dabei zufrieden nickend daran, recht gehabt zu haben, dass ich lieber nicht nachhakte.

»Wo steht ihr? Habt ihr die Parkuhr bezahlt?«

»Heute ist Sonntag«, sagte er.

Meine Mutter legte eine Hand auf seine Schulter. Auch das war seit einiger Zeit keine harmlose Geste mehr. Im einen Moment noch liebevoll, etwas, das sie seit vierzig Jahren tat, im nächsten ein Verweis, als widersetze er sich einem von ihr aufgestellten Redeverbot. »Schon wieder Montag«, sagte sie sanft. Es wirkte unbeholfen theatralisch. »Man muss hier Parkgebühren bezahlen, oder? Dann müssen wir uns noch darum kümmern.«

Durch einen zehn Zentimeter breiten Türspalt fragten sie Tess, ob sie ins Schlafzimmer kommen dürften. Die Hebamme hatte die Gardinen zur Seite geschoben und das Fenster geöffnet. Tess lag in der Mitte des Doppelbetts, das Baby schlafend auf ihrer Brust. Mit dem Daumen streichelte sie vorsichtig die dunklen Härchen an seiner Schläfe.

Sie war so glücklich. So todmüde, ans Bett gefesselt, verwundet und glücklich.

Von dem extremen Schlafmangel der ersten Tage und Nächte hatten wir uns mittlerweile einigermaßen erholt. Manchmal fühlte sich sogar das wie ein Verlust an. Alle paar Stunden war ich entzweigebrochen, mittschiffs gerammt von einer erschütternden Übermüdung und der heftigen Erkenntnis alles Neuen. In den intensivsten, klarsten Momenten war es, als wäre das Leben in diesem Schlafzimmer das einzige vom Menschen Erschaffene, das vom Weltraum aus sichtbar war. Doch es war schon wieder einer Reflexion gewichen, einer lauwarmen Beschreibung der zu verrichtenden Aufgaben. Die Tür musste geöffnet, das Frühstück vorbereitet, das Baby gewickelt, das Fenster gekippt, die

Geschichte erzählt werden. Ich bewegte mich um das alles herum, so wie ich mich für ihre Pflege in einem Halbkreis um das Bett bewegte.

Meine Mutter setzte sich zu Tess. Sie legte einen Arm auf das Stück Decke, unter dem sich Tess' Bein befand, und fragte, wie es ihr gehe. Die zweite Juliwoche wehte durch das Fenster herein. Sie beugte sich vorsichtig vor, um ihren Enkelsohn zu sehen.

Ich beobachtete meinen Vater. Er war klar im Kopf. Ich sagte, Tess müsse noch abpumpen, er beschloss, »abstumpfen« gehört zu haben, und nutzte reflexartig die Möglichkeit, einen Witz zu machen. »Noch mehr? Geht das überhaupt?«

Meine Mutter stand auf, er nahm ihren Platz ein. Etwas schüchtern suchte er das Bein seiner Schwiegertochter.

Er schwieg. Er betrachtete seinen Enkelsohn, der wach wurde, die relativ großen Augen gegen das Sonnenlicht zusammenkniff und mit seinen Händchen ins Leere griff. Tess winkelte ihre Beine an und legte das Baby auf ihre Oberschenkel, damit sie sich ansehen konnten.

Eine Weile schwiegen alle. Meine Mutter stand am Fußende des Bettes und weinte leise. Sie sagte: »Tess, darüber kannst du ein neues Buch schreiben.«

Die Hebamme polterte herein. Sie kam auf ihren medizinischen Clogs ins Schlafzimmer und schlug vor, ihn zum ersten Mal zu baden.

»Ja, gleich«, sagte mein Vater. Er sah sie nicht an. »Nur noch ein paar Minuten.«

Er wartete, bewegte sich kaum, bis sie wieder weg war.

Dann sagte er: »Ich werde das hier wieder vergessen.«

Ich schaute zu meiner Mutter. Sie schaute weg. Ihr Fuß wippte, ihre Finger bewegten sich in alle Richtungen.

»Papa«, sagte ich.

»Jetzt sehe ich ihn«, sagte er. »Aber bald habe ich es wieder vergessen. Warte nur. Gleich ist es weg.«

Bisher hatte niemand das Wort verwendet, als würde es erst durch das laute Aussprechen bestätigt.

»Aber du bist doch jetzt hier«, sagte ich. »Du siehst ihn doch gerade?«

Er nickte langsam.

»Das ist gut«, sagte Tess.

Er sagte: »Aber ich würde mich gerne daran erinnern.«

Die Hebamme hatte Margarine gekauft, die sofort vom Messer glitt. Umständlich bereitete ich an der Anrichte den zur Geburt typischen Zwieback mit Anisstreuseln vor. Ich machte Kaffee und hörte meine Mutter im Wohnzimmer flüstern. Als ich auf mein Smartphone sah, bemerkte ich, dass es neunzehn neue Nachrichten in der WhatsApp-Gruppe »Amelisweerd bleibt unasphaltiert« gab.

Ich eilte ins Wohnzimmer und scrollte dabei ungeduldig durch die Nachrichten. Ich wollte ihm sagen, dass er recht gehabt hatte. Weil es nach wie vor von Bedeutung war für das, was sich wie unser gemeinsamer Kampf anfühlte. Und weil es etwas bewies: Er hatte, wie immer, wie früher – schneller und analytischer denkend als andere –, vor einer Stunde nichts Komisches gesagt, sondern recht gehabt.

Alles würde gut werden. Der Wald war erst mal gerettet.

Ich wollte mir dabei zuhören, wie ich es laut verkündete, auch wenn ich davon überzeugt war, dass er es schon wusste und dass sein Denken, wenn es um den Kampf um Amelisweerd ging, nie beeinträchtigt gewesen war.

In den WhatsApp-Nachrichten stand, von Ausrufezeichen eingerahmt, dass der Staatsrat die Urteilsverkündung vorverlegt hatte. Nicht erst in ein paar Monaten, sondern am nächsten Tag sollte die Entscheidung fallen, ob die Autobahn ausgebaut werden durfte. Und diese vorgezogene Urteilsverkündung konnte nur bedeuten, dass alle anberaumten Anhörungen als überflüssig angesehen wurden, weil die höchste gerichtliche Instanz der Meinung war, dass mehr Asphalt im Naturgebiet dem Naturschutzgesetz widersprach.

»Papa«, sagte ich, »dann wird morgen ein Schlussstrich unter die Sache gezogen.«

»Auf jeden Fall«, sagte er ruhig, als wäre er mir immer noch zwei Schritte voraus.

Ich spürte, wie sich etwas verschob. Oben kam mein Sohn zum ersten Mal in den *Tummy-Tub*-Badeeimer, und alles sah danach aus, als hätten wir gerade das Leben von eintausendfünfhundert Bäumen gerettet.

An der Haustür, eine halbe Stunde später und immer noch euphorisch, umarmte ich zuerst meine Mutter und dann meinen Vater. Er befreite sich aus der Umarmung, sah mich an und sagte strahlend vor Stolz: »Dann gehen wir gleich mal nach oben und werfen einen Blick auf unseren Enkelsohn.«

Ende Juli wollte Mats nicht schlafen. Vielleicht war es zu warm. Ich tigerte bei achtundzwanzig Grad rastlos durchs Schlafzimmer. Der schaukelnde Gang mit den gebeugten

Knien war schon so normal geworden, dass ich es manchmal unbewusst machte, um einen Wäschestapel oder Einkäufe zu beruhigen.

Tess saß mit den Burgern, die wir eine Stunde zuvor bestellt hatten, auf dem Bett, ein Hauch des alten Lebens zwischen dem Gewusel des neuen.

Er weinte in meinen angespannten Armen und stemmte sich gegen mich.

Es ging mir nicht um den Verlust der Freiheit. Es lag nicht daran, dass das Baby uns um einen spontanen Urlaub oder einen Abend im Kino brachte. Es ging darum, dass ich das Leben vor der Vaterschaft nur noch so wahrnehmen konnte: als einen Zeitabschnitt eines Menschenlebens, der evolutionär gesehen nicht nötig gewesen war, die große Pause auf dem Schulhof, bevor wir von der Biologie reingerufen wurden. Doch so war es natürlich nicht gewesen. Es war mehr, viel mehr gewesen. Manchmal versuchte ich es mit einem Foto von früher, einem Weißt-du-Noch, aber Tess betrachtete das Bild, als hätten das andere Leute erlebt.

Jeden Tag sah ich, wie glücklich sie als Mutter war, wie erfüllt von seiner Anwesenheit, so wie es auch andere junge Väter und Mütter erzählt hatten. »My heart is full«, hatte ein amerikanischer Comedian, dem ich auf Instagram folgte und der fast zeitgleich Vater geworden war, unter ein Foto seiner Tochter geschrieben. Ich wollte mich mit Tess mitverändern, aber ich konnte es nicht. Nicht so schnell.

Meine Angst hätte zu ihrer Angst werden müssen, denn die abstrakten Statistiken und Prognosen wurden in jenem Sommer so greifbar, dass man sich die Finger daran verbrennen konnte. Er war zwei Wochen alt, als die Temperatur in den Niederlanden zum ersten Mal die 40-Grad-Marke knackte. Aber sie sah es nicht oder wollte es nicht sehen. Und ich sprach es nicht an, aus Angst, es mit Worten aus einer bodenlosen Tiefe heraufzubeschwören.

Mein Herz war nicht erfüllt. Es wuchs, ja, sehr langsam, aber es kam nicht gegen das lähmende Schuldgefühl an. Er, mit seinem Glucksen und Schnaufen, mit seinem krächzenden Heulen, in meinem verkrampften Haltegriff, er hatte das Recht darauf, dass ihn all das nicht heimsuchte.

Am Fußende vorbei, am Fenster vorbei, umdrehen, wieder zurück. Auf dem Schrank stand ein digitaler Bilderrahmen, der verschiedene Fotos zeigte. Ich betrachtete all die früheren Versionen von uns und dachte: Ihr könnt noch eine andere Entscheidung treffen.

Wieder holte er kreischend Schwung und versuchte, sich mir zu entwinden. Sie sah vom Bett aus zu.

»Soll ich?«, fragte sie.

»Nein.«

Ich machte zwei Schritte vorwärts und legte ihn in seine Wiege.

»Dann eben da.«

Ihre schweigende Missbilligung in meinem Rücken.

Sie sagte: »Du weißt, dass er da nicht einfach einschlafen wird.«

Ich gab mich geschlagen. Jeglicher Widerstand war weg. Frustration, Müdigkeit und Schuld ballten sich in einer Welle zurückgehaltener Wut zusammen. Trotzig nahm ich das Baby wieder aus dem Bettchen. Meine linke Hand blieb an der saugfähigen Unterlage hängen, auf der er heulend lag, ich stieß gegen den Stuhl hinter mir, balancierte mit dem Baby in den Händen auf einem Bein, und das Merkwürdige war, dass mir gleichzeitig bewusst war, was ich da gerade machte: Ich übertrieb. Ich wollte ihr zeigen, dass ich gar nicht schnell genug gehorchen konnte nach meiner offensichtlich bescheuerten Idee.

Sie nahm ihn entgegen. Ich ließ mich aufs Bett sacken, neben die halb aufgegessenen Burger, kalt geworden in ihren Karton-Austern.

»Sorry.«

Ich hatte unbeholfen in den Verteidigungsmodus geschaltet.

Sie stand auf, lief mit dem Baby im Arm hin und her. Er beruhigte sich.

Sie sagte: »Bitte hör nicht auf, mit mir zu reden.«

Sie setzte sich zu mir. Sie hatte ein grünes Kleid an. Ich betrachtete die weißen Punkte darauf, die Formen dazwischen, und ich dachte an die Gardinen in ihrem Studentenzimmer, die auch solche Punkte gehabt hatten und die ich angestarrt hatte, wenn sie samstagmorgens länger schlief.

Also redete ich. Dass ich genau davor Angst gehabt hatte. Vor dem Gefühl, einen unwiderruflichen Fehler gemacht zu haben. Ich sagte, dass ich gerade eben, in dem Moment, den Wunsch verspürt hatte, nicht bei ihm sein zu müssen. Dass ich dem überfüllten, von ihm annektierten Schlafzimmer um alles in der Welt entfliehen wollte, der Schuld, die ich auf mich genommen hatte. Ich sagte: »Und das bedeutet, dass ich mir wünsche, dass es ihn nicht gibt.«

Der Zug kam zum Halten. Er hat nach Stuttgart Hauptbahnhof einen großen Bogen geschlagen, um weiter Kurs auf den Süden zu nehmen, aber jetzt stehen wir neben den Weinbergen von Obertürkheim.

»Ich weiß auch nicht, was los ist«, antwortete ich auf seinen fragenden Blick. Die Nachmittagssonne scheint. Die Weinreben ziehen sich in streng angeordneten Reihen den steilen grünen Hügel hoch. Es gibt keine Durchsage.

Er fragt immer wieder, ob der Zug gleich weiterfährt, und ich sage noch mal, dass ich es nicht weiß.

»Komm«, sage ich dann. »Wir schauen mal nach.«

Er geht vor, ich laufe ihm nach. »Hierher.« In der Mitte des Großraumabteils hängt der Bildschirm mit den Reiseinformationen. Ich setze mich auf einen der freien Plätze am Gang, er rennt hin und her. Die Köpfe der anderen Fahrgäste drehen sich mit.

Meine Mutter war dauerangespannt, als er anfing, zu laufen, zu rennen, auf seinen Socken immer wieder fast ausrutschte. Sie hatte den Drang, ihn aufzufangen, ständig entfuhr ihr vor Schreck ein Schrei: Jetzt ist es so weit.

Bevor ich Vater wurde, eilte diese Angst auch mir voraus. Von der Treppe fallen, stolpern, ausrutschen. In all diesen Vorstellungen knallte sein Kopf mit voller Wucht auf etwas Massives, etwas Hartes, das keine Gnade kannte. Bei dem Gedanken, einen anderen Ort zu besuchen, machte ich mir unwillkürlich Sorgen, wie der Boden dort beschaffen sein würde. Die Fliesen bei meinen Eltern zu Hause, die harten, geriffelten Steine im Schwimmbad, ein Gitterrost im Eingangsbereich eines Ferienhauses.

Aber siehe da! Jetzt rennt er unerschrocken durch das

Unbekannte, eine Eigenschaft, die er von ihr haben muss – aber seine Anatomie ist meine. Ich stecke in seinen Muskeln, es gibt niemand anderen, dessen Bewegungen sich so vertraut und selbstverständlich anfühlen, noch bevor sie ausgeführt werden. Und natürlich fällt er manchmal hin, natürlich tut er sich manchmal weh. Aber meistens weiß ich, wie er sich korrigieren, wie er seinen Fall stoppen wird.

Wir stehen immer noch. Jede Minute kommt eine Minute zur voraussichtlichen Ankunftszeit hinzu, automatisch, eine maschinelle Feststellung, ohne dass das System dazu fähig ist, selbstständig ein Muster zu erkennen oder eine Lösung zu suchen. Und trotzdem klammern sich alle an die Informationen auf dem Bildschirm, als wäre jeder bereit, darauf zu beharren, dass wir wirklich zehn, fünfzehn, siebzehn Minuten lang genau vierzig Minuten vom nächsten Bahnhof entfernt sind. Bis das Ding aufgibt und sich ausschaltet – oder von einem Mitarbeiter außerhalb unserer Sichtweite ausgeschaltet wurde – und auf ein Karussell aus Werbeanzeigen umschaltet.

Er ist der Erste, der ungeduldig wird.

Ich setze ihn auf meinen Schoß und sage: »Mama hat uns eine Nachricht geschickt.«

Als er ihre Stimme erkennt, wippt er auf meinen Oberschenkeln auf und ab. Ich stelle den Ton leiser, damit nur wir die Nachricht hören, halte das Gerät an sein Ohr und beuge mich vor. Gedankenverloren streichle ich ihm über Arm und Schulter, die mühelos in meine Hand passt. Er sieht mich an und ich sehe sein Erstaunen.

Da ist es. Es wird niemand anderem auffallen, aber es ist

da. Das warmgelbe, unantastbare Etwas, das sich immer weiter vermehrt.

Ich nahm es wahr, als ich das erste Mal seit seiner Geburt nicht den ganzen Tag zu Hause gewesen war. Am späten Nachmittag wartete ich am Bahnhof Amsterdam Zuid auf den Zug. Auf meinem Handy sah ich mir ein Video vom vorherigen Tag an, als Tess mit ihm im Bett gelegen hatte. Es waren höchstens ein paar Sekunden, aber ich hörte den leisen Laut im Hintergrund, das Sich-nach-etwas-Streckende, das Gerade-so-nicht-Herankommende eines Babys, das etwas verstehen will, indem es danach greift.

Tess ließ es zur Gewohnheit werden, mir an den Tagen Sprachnachrichten zu schicken, an denen sie mit ihm allein war. Sie erzählte mir, was sie gerade machten, wie der Tag lief. Oft purzelte ich beim Abhören der Aufnahme Hals über Kopf in das chaotische Wirrwarr einer jungen Mutter, dessen Baby nicht essen wollte, sich stattdessen einen Stift in seinen Mund steckte, noch gewickelt werden musste, offensichtlich versuchte, von ihr wegzukrabbeln. Und so plötzlich, wie ich Teil des fröhlichen Durcheinanders geworden war, wurde ich auch wieder abgeschnitten, »Tschüss, Liebling«, sagte sie, »bis nachher.«

Es ist auch jedes Mal da, wenn er nach dem Kranksein wieder aufblüht.

Die Aufnahme dauert sechsundvierzig Sekunden. Tess lacht selbstbewusst und sagt: »Man sollte meinen, ich wüsste mittlerweile, wie das hier funktioniert«, und beim Erkennen ihrer Stimme strahlt er mich an, »aber ich habe gerade dreißig Sekunden aufgenommen, und dann war wieder alles weg.« Die Geräusche des Buchladens, der verspielte Jazz von Daniel Roure, die letzten Kunden, die bezahlen. »Wie auch immer«, sagt sie, »ich vermisse dich. Und Mats. Bis ganz bald, ja?«

Ja, nickt er entschieden dem Bildschirm zu.

Als er elf Monate alt war, trugen wir sein Bettchen in sein eigenes Zimmer. Die Kommode, das Babyfon, die Lampe, alles bekam einen Platz in dem Raum, den wir jahrelang als Gästezimmer bezeichnet hatten. Ich erschrak, als ich sah, wie wenig von unserem eigenen Schlafzimmer übrig blieb.

Er fing an zu sprechen. Er wollte schaukeln, einen Laufwagen schieben, und eines Abends lief er von ihr zu mir, ein paar Schritte.

Regelmäßig wurden Soft- und Hardwareupdates durchgeführt. Dann hob ich ihn morgens aus dem Bett und hätte schwören können, dass ich ein neues Modell in den Händen hielt. Als wären nachts drei Zentimeter, ein paar Hundert Gramm, eine verbesserte Motorik und eine neue Anwendung für die Stimmbänder hinzugefügt worden.

Die Zeit raubte uns alles, woran wir uns gerade gewöhnt hatten.

Es reicht ihm. Er klettert vom Schoß und rennt wieder durch den Gang. Fahren, sagt er. Seine junge Stimme durchbricht die Stille. Dann setzt sich der Zug wieder in Bewegung. Die Welt fügt sich noch seinem Willen.

Wir schauen nach draußen und benennen alles. Der Zug fährt in einem großen Bogen um die Galgenfelsen, durchquert die hügelige Landschaft von Süddeutschland, passiert die an den Hängen gebauten Häuser, ihr steinernes Weiß, die Dächer rot und grau. Ein Pool in einem Garten. Keine Telefongespräche mehr. Um uns herum wird geflüstert. Alle wirken müde. Sogar der Schaffner, der erst bei voller Fahrt eine Durchsage macht und von dem für die Verspätung verantwortlichen, beschädigten Gleisabschnitt berichtet, klingt jetzt, als wollte er die Reisenden unter keinen Umständen aufwecken, sondern nur kurz, wie vorgeschrieben, den nächsten Halt ankündigen.

Um uns herum stehen die ersten Fahrgäste auf, sie hieven sich Rucksäcke auf die Rücken oder heben Koffer aus der Gepäckablage. Der Zug wendet sich nach links.

Mats wirkt verschlossen auf dem vollen Bahnsteig in Ulm. Er wird still. Ich erkenne es an seinen Augen, die Art, scheu wegzuschauen. Kurz glaube ich, ein Muskelzucken in seinem Nacken zu sehen.

Er will getragen werden. Er wird den Zug nicht kommentieren, der auf dem anderen Gleis ein- und wieder wegfährt, auch nicht die Farbe einer Tasche oder eines Hutes, den jemand trägt. Die Menschenmenge schüchtert ihn ein, die Geräusche überall. Er zieht sich an meinem Hals hoch und sucht nach einer anderen Haltung, in der er getragen werden kann. Er drückt seine Wange an meine.

Ich denke sofort: Du wirst mich niemals einsam sehen.

Wir können fast keinen Schritt machen, ohne gegen andere Leute zu stoßen. Ohne Unterlass werden Durchsagen gemacht, jede durch das Geräusch einer klassischen Türklingel angekündigt. Der Geruch von Marihuana weht vorbei. Es ist warm, drückend. Ein gelb-grauer Regionalzug von *bwegt* brummt vor uns wie ein Lastwagen im Leerlauf. Aus einer Luke im Dach steigt Rauch auf. Sein Schatten zieht wie schwarzes Wasser über den Bahnsteig.

»Mama«, sage ich. »Wir gehen zu Mama.« Aber er reagiert nicht.

Ich setze ihn kurz ab, damit ich die Tragegurte meines Rucksacks richtig einstellen kann, und gehe in die Hocke, um neben dem Süßigkeiten- und Getränkeautomaten auf gleicher Höhe mit ihm zu sein.

Von der einen auf die andere Sekunde tut es mir leid.

»Sorry, kleiner Mann«, sage ich. Ich lege ihm eine Hand in den warmen Nacken. »Ich habe dich nicht gefragt, ob du das alles überhaupt wolltest.«

Die brummende *bwegt*-Maschine setzt sich hinter meinem Rücken in Bewegung. Ein Teil der Reisenden ist über die Betontreppe in die Bahnhofshalle verschwunden. Es wird etwas ruhiger.

Der ZugBus der Deutschen Bahn ist kürzer als die Busse, die während meines Studiums zum Campus am Uithof fuhren.

»Nur noch der hier«, verspreche ich.

Nur noch diese sechsundzwanzig Minuten, drei Haltestellen, und dann sind wir in Ehingen.

Er streckt seine Arme nach mir aus.

Nach der Rangierfläche und einem Skatepark bleiben nur noch zwei Gleise übrig. Ich hole mein Handy heraus, um nachzusehen, ob Tess noch etwas geschickt hat – und dann habe ich plötzlich wieder meinen Vater an der Strippe. Habe ich ihn aus Versehen angerufen oder er mich?

»Papa?« Ich erschrecke mich vor meiner eigenen Stimme, die durch das ruhige Abteil hallt. »Hast du mich angerufen?«

»Wo bist du, Robin?«

Auf dem Weg nach Blaubeuren, sagt ein munterer Schaffner gerade durch. Draußen ist alles hellgrün. »Ich bin … Ich bin im Zug, Papa. In Deutschland. Ich fahre zu Tess. Wie geht es dir? Kannst du mich hören? Ich reise Tess hinterher.«

Der Zug überquert ein flaches Flüsschen mit klarem Wasser.

»Papa?«

»Ja.«

»Hast du … Ist alles in Ordnung? Können sie dir helfen? Ist Mama auch da?«

Auf dem benachbarten Gleis überholt uns ein anderer Zug. Kurz stimmen die Geschwindigkeiten überein, und es ist, als stünde alles still.

»Mama ist nicht da«, sagt er. »Rufst du sie heute kurz an? Dann freut sie sich.«

Er klingt entspannt. So wie er all die Jahre geklungen hat. In dem anderen Zug schieben sich kleine Schülergruppen vorbei, hinten sitzen ein Mann und ein kleiner Junge, ungefähr drei Jahre alt. Der Abstand zwischen den beiden Zügen wird wieder größer. Die Verbindung ist schlecht. Ich stehe auf und laufe den Gang in Fahrtrichtung entlang.

»Ja, ich rufe sie an«, sage ich. »Ist gut.«

»Sie ist ziemlich einsam.«

Er klingt so weit weg.

»Ich werde anrufen. Papa, bevor du …« Die Verbindung wird wieder unterbrochen. »Papa.« Ich schreie fast und schüttle mein Smartphone, als hoffte ich, es käme ein letzter Gesprächsrest heraus. Durch die Schwingtür zum Ausgang, zur Spitze der beiden Waggons. Ich hole den anderen Zug wieder ein bisschen ein. Die dort drüben, anderszeitig, andersgleisig, sind wie ein Lied, das ich irgendwann irgendwo gehört, aber dessen Titel ich vergessen habe. Ich brauche nur das Intro, ein paar Zeilen des Refrains, und dann weiß ich, wonach ich suchen muss.

»Papa.«

»Ich bin gleich wieder weg«, sagt er. »Aber jetzt bin ich da. Ich wollte nur kurz deine Stimme hören. Mama ist so einsam.«

»Okay, Papa. Ich liebe dich. Ich höre dich. Ich rufe Mama gleich an.«

»Mach das bitte.«

Wir werden endgültig überholt. Auf dem anderen Gleis passiert nichts mehr. Der Abstand wird größer.

»Mach es wirklich, Robin.«
»Tschüss, Papa. Ciao. Bis bald.«
Gleich wird er weg sein.
»Tschüss, mein Junge.«

Ich erkenne die Gegend. An den sinnlichen Hängen dieses Mittelgebirges fuhren wir damals auch vorbei, entlang des schmalen Nebenflusses eines Nebenflusses der Donau. Vor drei Jahren. Damals war ich ebenfalls auf dem Weg zu ihr, Hals über Kopf, herbeigerufen von den zwölf Bildern ihres ersten Buches.

So war das.

Ich fand sie in der Bahnhofstraße und erzählte, was ich herausgefunden hatte. Wir trafen eine Entscheidung.

Wir ergriffen jede Möglichkeit, das kleine Herz zu hören. Ihn zu sehen. Reguläre Ultraschalltermine, die Teilnahme an einer wissenschaftlichen Studie zur Entwicklung des Gehirns von Kindern, eine Hebamme in der Ausbildung, die gerne üben wollte. Immerzu die Schallwellen von einem Bald. Wir schraubten den Kinderwagen zusammen und überprüften, ob die Haustür noch geöffnet werden konnte, wenn er im Flur stand. Sie zeichnete die Geburtskarte.

Ich wurde ein Vater, sie wurde eine Mutter.

Sie zeichnete weiter. Ihr zweites Buch fing mit einem Bild an, in dem sie endlich, nach jahrelangen Versuchen, alles zeichnete, woraus sie hervorgegangen war – den Abschiedskuss des deutschen Soldaten, den Angriff, den Schüleraustausch, der ihre Mutter nach Westervoort führte, die

Begegnung mit dem Nachbarsjungen, alles in einem einzigen unbeweglichen, wirbelnden Bild, das von Grau in Gelb überging –, und wurde dann mit jeder Seite verträumter, als verlöre die Realität mit jedem Umblättern an Wichtigkeit.

Mein Vater baute ab. Er rief nicht mehr an, um mir zu sagen, dass er meine Stimme hören wollte. Er besprenkelte den Garten mit Erbsensuppe. An einem Herbsttag brachten wir ihn in ein Pflegeheim im Grünen zwischen Soest und Amersfoort. Er hatte vergessen, dass er einen Enkelsohn hatte.

Mats wurde ein Kleinkind. Weiterhin drängte sich mir regelmäßig der Gedanke auf, dass das düstere, vielleicht sogar unaufhaltsame Zukunftsbild in derselben Welt existierte wie er, und dann war es, als blickte ich in eine tiefe, deprimierende Leere.

Es ist immer das Nächste. Angst verschiebt sich immer ins Morgen.

In anderen Momenten hatte ich vor nichts Angst. Es wird einfacher, an die Zukunft zu glauben, wenn man sie jeden Morgen aus dem Bett holt.

Er gehörte nicht zu den Generationen, die unwissend gewesen waren oder sich unwissend gaben. Er würde es sich alles aneignen dürfen. Mit seiner Lebenslust und seinen Idealen dürfte er uns ablösen.

Manchmal hatte es den Anschein, als hätte er schon damit begonnen. In seinem bisherigen Leben wurde mehr Energie aus erneuerbaren Quellen als aus Steinkohle gewonnen. Die Bäume von Amelisweerd blieben stehen. Der restliche Teil des Hambacher Forstes wurde nicht gerodet, die größte Braunkohlemine Europas wurde geschlossen.

Kasachstan zählte 2021 mehr Saiga-Antilopen als vor dem Massensterben 2015. Überall auf der Welt zwangen Kinder ihre Regierungen zum Handeln. Politiker, die alles vor einiger Zeit noch spöttisch geleugnet hatten, waren jetzt hastig auf der Suche nach eigenen Worten, um wenigstens rhetorisch den Eindruck zu vermitteln, als hätten sie eine einzigartige Vision. Die Welt zu retten wurde günstiger, als sie zugrunde zu richten. Innerhalb von drei Jahren wurden die schlimmsten Szenarien deutlich unwahrscheinlicher. Ein im Sommer 2019 geborener Junge würde nie einen Benziner fahren.

Gleichzeitig war es immer noch zu wenig. Viel zu wenig. Immer noch droht uns eine Kettenreaktion von Katastrophen. Und um das zu verhindern, wird es nicht reichen, dass ein Öltanker umkehrt. Vielmehr müsste man sie alle sofort auf offener See demontieren – am besten lösten sie sich umgehend in Luft auf.

Nichtsdestotrotz. Es schien möglich.

Wir fanden eine etwas größere Wohnung im Nordosten der Stadt und boten die alte Wohnung zum Verkauf an. Auch Tess' zweites Buch wurde gut aufgenommen und verkaufte sich ordentlich. Für ihre Lesereise wurde sie von denselben deutschen Buchhandlungen eingeladen wie beim ersten Mal. Sie ist gestern Morgen losgefahren. Ich bin mit Mats zu Hause geblieben, um die Wohnung auf Vordermann zu bringen und für die beiden Besichtigungstage vorzubereiten, an denen wir besser nicht da sind.

Hier sitzt er. Wir ziehen am Grün vorbei, und hier sitzt er, neben mir, müde vom Reisen, und hat fast alles noch vor sich. Er befreit einen Fuß aus dem Schuh, um irgendeine

Beschäftigung zu haben. Er sieht mich an und fragt wieder nach seiner Mutter, denn ein Zweijähriger vergisst nicht, was man ihm in Aussicht gestellt hat.

So schrieb ich meine Geschichte um. So wurde sie zu einer Erzählung. Manchmal war ich mir sicher, dass es eine wohlüberlegte Entscheidung gewesen war. Meistens kam es mir jedoch so vor, als wäre die Entscheidung für die Vaterschaft genauso automatisch gefallen wie die Entscheidung, nach einem Ausflug wieder nach Hause zu radeln. Man denkt nicht nach über die Kurven, wo man links oder rechts abbiegen muss. Das passiert automatisch. Man denkt an das, worauf man sich freut oder worauf man keine Lust hat, was man morgen machen oder ob es morgen regnen wird, und dann schaut man auf und ist zu Hause.

Ich hebe die Größe 22 vom Boden auf, kneife leicht in seinen kleinen großen Zeh, um seine Aufmerksamkeit zu bekommen, und sage, dass wir da sind, dass wir aussteigen müssen.

Das Schild AUSGANG unter dem Wellblechvordach führt mich um ein schlichtes Bahnhofsgebäude herum, vorbei an einem veralteten Kartenschalter und einem Dönerimbiss. An einer Asphaltschleife zum Absetzen und Abholen fängt die Bahnhofstraße an. Die Sonne scheint von rechts.

Ich überquere die zweispurige Straße.

Es fühlt sich wie etwas an, das nicht möglich sein sollte. Als könnte mir die Regie jeden Moment sagen, dass ich in die falsche Wirklichkeit gelaufen bin. Der Mann – oder die Frau, es könnte jeder sein, es ist zwar nicht viel los auf der Straße, aber alle, die dort herumlaufen, sehen mich irgendwie mitleidig an oder ignorieren mich bewusst – würde mir freundlich, aber bestimmt eine flache Hand auf den Rücken legen und mich zum Bahnsteig führen. Bitte da entlang, ganz schnell zurück auf Ihren Platz. Man hätte Sie längst aufhalten müssen.

Ich mache ein paar Schritte. Passiere eine Fahrschule, einen Optiker. Die Straße geht leicht bergauf.

Der Buchladen, in dem sie heute ihren Auftritt hatte, ist nur dreihundert Meter entfernt. Auf der anderen Straßenseite führen Treppenstufen zu einem niedriger gelegenen Park, aus dem die sommerlichen Geräusche eines Biergartens emporsteigen. Am Pfeiler einer Steinbrücke prunkt das Wappen der Stadt, unter mir strömt ein schmaler Fluss über große Kiesel. Es ist kurz nach halb sieben, und ich lasse mir Zeit.

Hier bin ich also, um meine Beziehung zu retten. Mich selbst zu retten.

Ich folge den Anweisungen meines Handys und biege beim Marktplatz am Ende der Bahnhofstraße links ab. Der Laden liegt schräg vor mir, am Anfang einer breiten, größtenteils leeren Einkaufsstraße. Eine Mitarbeiterin fährt einen Postkartenständer über die Pflastersteine in das Geschäft. In einem der Schaufenster erkenne ich mehrere Exemplare des Buches, das ich in meinem Rucksack habe.

Ansonsten ist niemand da. In der Fensterscheibe spiegelt sich die unbefahrene Straße.

Die Mitarbeiterin will die Glastüren gerade abschließen, um drinnen die Kasse zu machen. »Vielleicht eine komische Frage«, sage ich und gehe mit ein paar schnellen Schritten auf sie zu, »aber wissen Sie, wo die anderen hingegangen sind?«

Sie sieht mich prüfend an, ist auf der Hut. Sie sagt nichts. Ich schüttle den Kopf, als wollte ich die Frage zurücknehmen, zeige auf die Bilderbücher, die im Schaufenster stehen, und sage: »Meine Frau ist Illustratorin. Sie war heute hier.«

Jetzt wird ihr Gesichtsausdruck freundlicher. »Ach, ja klar.«

»Sie wollten danach zusammen essen gehen. Ich sollte nachkommen«, lüge ich. »Aber ich weiß nicht, wo sie hingegangen sind.«

Sie schickt mich ›Zur Linde‹, sie zeigt zum Marktplatz, da geradeaus, fünf Gehminuten.

Das Gebäude auf der anderen Straßenseite sieht wie ein Schwimmbad aus, das schon seit ein paar Stunden geschlossen hat. Es sind zwei ineinandergeschobene Sechsecke, cremefarben unter einem grünen Dach, die Fenster im ersten Stockwerk sind verhangen, außen schlängelt sich eine Treppe hoch. Ein Mann im Anzug, eine Ledermappe in der Hand, Typ Makler, kommt mir entgegen. Es wirkt so, als wollte er mir durch seinen Gruß – wohlwollend, aber wachsam, zeigen, dass er mich nicht erkennt und gerne wissen würde, was ich hier mache. Vielleicht bilde ich mir das auch nur ein.

Ich betrete das Gebäude. Ein dunkler Eingangsbereich, eine schmale Treppe nach oben, vorbei an Schwarz-Weiß-Fotos.

Ein paar Meter bevor ich sie sehen könnte – und viel wichtiger: sie mich –, will ich auf einmal umkehren. Hier zu sein widerspricht meinem Wunsch, kein Aufsehen zu erregen, aufs Tiefste. Ich mache ein paar Schritte rückwärts, wo ich sofort jemandem vom Personal im Weg stehe.

Also doch weiter, vorbeiirren an gedeckten Tischen, weißen Tellern, Kristallgläsern, in Servietten gewickeltem Besteck. Der Balkon ist fast komplett gefüllt, die Temperatur liegt immer noch deutlich über zwanzig Grad. Drinnen sind nur wenige Tische besetzt.

Ich sehe mich noch einmal um. Höre die Geräusche einer größeren Gesellschaft weiter vorn.

Da sitzt sie. Tess. Da ist sie auf einmal.

Hinten rechts, an einem langen Tisch mit sechs, sieben anderen Leuten. Die Augen sind auf sie gerichtet, die Köpfe ihr zugewandt. Ich könnte draußen warten. Es ist warm genug. Ich könnte warten, bis sie herauskommen, und dann mit meiner Körpersprache zeigen, dass alles in Ordnung ist, dass es – tadaa – nur eine Überraschung ist.

Aber sie sieht mich.

Sie erstarrt zwischen den anderen zur Salzsäule. »Robin«, lese ich von ihren Lippen ab, mein Name, sie ruft mich nicht, sie sagt es zu sich selbst, wie den Namen einer Person, der ihr nach langer Zeit wieder einfällt.

Ich manövriere mich ungelenk zwischen den leeren Tischen hindurch zu ihr. Wir sehen uns einige Sekunden lang an, dann fallen uns gleichzeitig die anderen Menschen wieder ein, die alle ihrem Blick gefolgt sind und zu mir hochschauen.

»Hä?«, sagt sie, als könnte sie ihren Augen nicht trauen.

Ich wusste es, denke ich, das kann nicht sein, jemand hätte mich aufhalten müssen. Das hier bringt alles durcheinander.

»Was machst du hier?«, fragt sie. »Was ist los? Ist etwas passiert?«

»Nein«, sage ich. »Alles in Ordnung.«

»Ist etwas mit deinem Vater?«

»Nein, nein. Hat nichts mit meinem Vater zu tun.«

Ich wische mir den Schweiß von den Augenbrauen. Mein linkes Auge zuckt.

Dann erwacht die Gesellschaft wieder zum Leben, als hätte sie eine Regieanweisung befolgt. Die Frau neben Tess steht auf. Sie stellt sich herzlich als Claudia vom Verlag vor.

»Das ist Robin«, sagt Tess, »mein Freund.« Aber sie unterbricht den Blickkontakt mit mir nicht eine Sekunde und wie von selbst rückt die Reihe aus Rückenlehnen für mich auseinander, und ein zusätzlicher Stuhl wird dazwischengeschoben, ihr schräg gegenüber. Mir wird eine Speisekarte in die Hände gedrückt. Ich bin anscheinend in ein Improvisationstheater geplatzt. Ich zeige mit dem Finger auf die *Frieda Falafel*, und ein paar Minuten später steht der Teller vor mir. Das Besteck ist warm. Alle tun so, als hätten sie von meinem Kommen gewusst, vielleicht, weil Tess und mir nichts Besseres einfällt, als es so aussehen zu lassen. Wir sind beide zu höflich, um diese verkrampfte Szene zu verlassen, auch wenn in mir eine Ungeduld schwelt, der nichts lieber wäre, als dieses Essen abzubrechen und mit Tess nach draußen zu gehen.

Stattdessen sehen wir uns beim Essen hin und wieder an. Ich versuche, ihr zuzulächeln.

Einmal sage ich leise: »Wir reden gleich, okay?« Sie nickt.

Ihr Deutsch ist besser als meins, aber wir haben beide Probleme, dem über den Tisch fliegenden Schwäbisch zu folgen. Es geht um die Geschichte des Buchladens, so viel verstehe ich, aber auch um die verschiedenen Geburtsorte der Anwesenden und alle Demonstrationen, bei denen ein Tischgenosse in der letzten Zeit gewesen ist, und Claudia versucht währenddessen, soweit ihr das gelingt, alles parallel ins Englische zu übersetzen, damit sich ihr Gast nicht ausgeschlossen fühlt. Ich schaue zu Tess und sehe, dass sie die Mühe zu schätzen weiß, dass es aber eigentlich nicht nötig wäre.

Ich will mit ihr reden. Ich will uns aus diesen unangenehmen Förmlichkeiten befreien. Gleichzeitig möchte ich sie so noch stundenlang beobachten. Während niemand etwas zu mir sagt und sie mir schräg gegenübersitzt, auf dem Platz, den sie sich selbst erarbeitet hat. Ohne sie habe ich das Gefühl, immer genau das Falsche zu machen. Das Restaurant spielt einen Song von Cat Power, den ich aus ihrem Lieblingsfilm kenne.

Ab und zu schaut sie zurück. Es ist, als hätte ich etwas wiedergefunden, das mir abhandengekommen war. Schau nur, da sitzt sie. Ich kann meinen Arm ausstrecken und sie berühren. Ich würde ihr gerne von diesem Gefühl erzählen, bis mir bewusst wird, dass sie beides ist: diejenige, die ich wiedergefunden habe, und diejenige, der davon erzählt werden muss.

Claudia geht zur Toilette. Als sie zurückkommt, gibt Tess zu verstehen, dass sie auch aufstehen möchte und die Chance nutzen will, um sich hinter dem leeren Stuhl vorbeizuschieben. Ich stehe mit ihr auf. Weil ich zu ihr will. Ich kann es nicht mehr zurückhalten.

Am Waschbecken vor den WC-Türen hole ich sie ein.

Sie fängt an. Sie sagt: »Robin, was machst du hier?«

»Du hast gesagt, du müsstest nachdenken.«

Sie scheint es nicht zu verstehen.

»Heute Morgen. Am Bahnhof. Du hast gesagt, du müsstest nachdenken. Und ich …« Jemand kommt aus der Herrentoilette. Wir drücken uns jeweils an eine Wand, um ihn vorbeizulassen. Als er weg ist, bewegt sich meine Hand auf sie zu, zu ihrem Handgelenk, aber sie greift daneben und fällt zurück.

»Ich habe dich vermisst«, sage ich. »Ich vermisse dich.

Manchmal sehe ich dich, und ich bin bei dir, und trotzdem vermisse ich dich.«

Wir stehen unter einem Lautsprecher. Eine heitere Saxofonmelodie versucht, mich zu übertönen.

»Das ist alles ganz schön verrückt«, sagt sie. »Das passt gar nicht zu dir.«

Dann schüttelt sie den Kopf, ich glaube, darin eine leichte Geringschätzung oder Missbilligung zu erkennen, die jeglichen spontanen Plan vernichtet – falls es den, abgesehen von meinem Wunsch, hier mit ihr sein zu wollen, überhaupt gegeben hat –, und sie sagt: »Aber ich muss wirklich zur Toilette.«

Sie verschwindet hinter der Tür, und ich warte. Ich wasche meine Hände, um etwas zu tun. Die Tür geht wieder auf. Ich schaue ihr dabei zu, wie sie ihre Hände unter den Wasserhahn hält. Ich sage nichts und sie auch nicht.

Sie nimmt ein Papiertuch vom Stapel und trocknet ihre Hände ab. »Sollen wir wieder zurückgehen?«

Als wir endlich draußen stehen, bin ich auf noch mehr Ebenen erschöpft als bei meiner Ankunft am Bahnhof. Die Reise und das Alleinsein haben mich schlapp und träge gemacht. Doch jetzt bin ich auf eine andere Art müde. Weil ich ein introvertierter Mensch bin, der sich antrainiert hat, zu bestimmten Zeiten einen extrovertierten Menschen zu spielen. Das habe ich den Rest des Abends versucht, aber es hat meine letzten Energiereserven aufgebraucht.

Wir sind immer noch nicht allein, denn mitten auf der ausgestorbenen Einkaufsstraße suchen alle äußerst bemüht nach einer passenden Verabschiedung. Der Berufsdemonstrant sagt, er wolle noch irgendwo etwas trinken gehen. Die schüchterne Fotografin, die nachmittags auch bei der Buchpräsentation dabei gewesen war, verspricht, bald eine erste Auswahl zu schicken. Die Ladenbesitzerin umarmt Tess und sagt, sie müsse mit ihrem nächsten Buch wieder vorbeikommen. Claudia fragt zum dritten Mal, ob sie ein Taxi rufen solle, und wieder sagen wir, das sei nicht nötig, es sei nur ein kurzes Stück zum Bahnhof, dann ein paar Minuten mit dem letzten Zug und von dort aus ein paar hundert Meter zum Hotel, das der Verlag für Tess gebucht hat.

Und dann winken wir und sind allein.

Es ist noch hell. Die Rollläden sind unten, die Ladenbesitzer zu Hause. Sie zieht ihren kleinen Koffer über den Bürgersteig.

»Du bist angespannt«, sagt sie.

»Ich bin todmüde.«

Sie nickt. »Ich auch.«

»Wie lief es im Laden?«

Es ist ein Gespräch, wie wir es auch zu Hause am Esstisch führen würden.

Sie nickt wieder. »Es lief gut. So was würde ich gerne öfter machen.«

Wir überqueren die Straße, biegen links in eine kleine Gasse ab.

»Aber das Buch ist schön geworden«, sagt sie. »Richtig schön. Hast du es gesehen?«

Ich denke an das Exemplar in meinem Rucksack, ihre in den Zeichnungen versteckte Botschaft und daran, wo ich anfangen soll. Soll ich ihre Hand nehmen? Dazu kann ich mich nicht durchringen. Warum eigentlich nicht? Wir liefen schon Hand in Hand, bevor wir uns überhaupt kannten. In den Monaten danach, als wir frisch zusammen waren und es die einfachste Art war, einander und allen Leuten auf der Straße (und dadurch wiederum einander, denn wir wollten uns durch die Augen anderer sehen) zu zeigen, dass wir verliebt waren. Bis unser Zusammensein eine beschlossene Sache war und keiner weiteren Vergewisserung bedurfte. Nach und nach triumphierte jedoch der Komfort, beide Hände zur Verfügung zu haben und nicht genau im gleichen Tempo gehen zu müssen. Wir waren zusammen. Das musste nicht immer wieder aufs Neue bekannt gegeben werden.

Mittlerweile gab es etliche kleine Wettkämpfe zwischen uns. Kleine Ärgernisse, schlechte Angewohnheiten, Sticheleien, die meisten liefen schon seit Jahren. Keiner kannte den Zwischenstand, aber wir versuchten, meistens unbewusst, durch einen absichtlichen Seufzer oder eine bestimmte Betonung Punkte zu sammeln, und beim nächsten Mal imitierte ich ihren Seufzer und sie meine Betonung, um zu signalisieren, dass wir das Spiel des anderen durchschauten. Kleine Stufen auf einer Eskalationsleiter – doch wir waren noch lange nicht unten angekommen, und bevor es dazu käme, würde einer von uns beiden wohl hinunterschauen und erschrecken, wie nahe wir dem Boden wären, und dann würden wir zusammen wieder ein Stückchen hochklettern und dabei die Hand des anderen benötigen. Doch bis dahin spielten wir dieses Spiel, das wir beide zwar nicht anstrebten, das wir aber, da wir schon dabei waren, auf keinen Fall verlieren wollten.

Jetzt ihre Hand zu nehmen wäre in diesem Gefüge eine zu große und zu plötzliche Geste.

Gleichzeitig glaube ich fest daran, unsere Beziehung hier aufschrauben und in sie hineinschauen zu können, ohne dass mir dann etwas Gefährliches oder Bedrohliches entgegenblickt.

»Ist bei uns alles okay?«, frage ich.

Sie bleibt stehen, ich also auch. Die Straße geht hier bergab.

»Ich meine: Ist zwischen uns alles in Ordnung?«

»Was machst du hier, Robin? Du hattest offensichtlich nicht einfach Lust, mal ein bisschen Zug zu fahren.«

Ich reibe mir fest die Augen.

»Du hast gesagt, du müsstest nachdenken.« Ich merke, wie ich mir wünsche, dass sie anfängt. Als hätte sie mir heute Morgen ein Rätsel aufgegeben, um es jetzt aufzulösen.

»Ja«, sagt sie scharf. »Ja, das habe ich gesagt. Und dann dachte ich: Es gibt nicht so viel, über das ich nachdenken kann. Das hier ist es.«

Sie wedelt mit dem Zeigefinger zwischen uns beiden hin und her.

»Das hier ist es, oder?«

»Ist es denn das, was du willst?«

Sie atmet tief ein und wieder aus, woran ich erkenne, dass ich ihr auf die Nerven gehe und sie versucht, sich zu beruhigen.

»Du kommst hierher, um den Status quo zu verteidigen. Das Leben, in dem Tess und Robin zusammenwohnen und alles so bleibt, wie es ist. Du möchtest nach jeder Veränderung eine Versicherungsgesellschaft anrufen können, damit sie für den möglichen Schaden aufkommt und du dein altes

Leben zurückkaufen kannst. Du glaubst, du würdest nie etwas verlieren, solange du die Quittungen aufbewahrst.«

Sie macht Platz für einen Dreißigjährigen auf einem E-Roller, der eine Einkaufstüte zwischen den Beinen hat. Jetzt ist der Abstand zwischen uns noch größer.

»Das ist es, weswegen du hier bist.«

Und sie hat recht.

»Aber ich will auch nicht so ein Mann sein, der nichts unternimmt und einfach wartet, bis es zu spät ist.«

»So ein Mann bist du auch nicht.« Sie schaut zur Seite. Wir durchqueren die Einkaufsstraße. Nur im Außenbereich eines Eiscafés ist noch ein bisschen was los. »Glaubst du, du bist so jemand?«

»Vielleicht schon.«

Sie schweigt eine Weile, während wir gehen, als wollten wir aufmerksam unsere Schritte zählen. Die Straße führt zu einer barocken Kirche mit hellen Steinen und Tünche. Wir bleiben kurz stehen und glauben, in einer Sackgasse gelandet zu sein, was nicht sein kann, da eine schmale Einbahnstraße vor der Kirche entlangläuft, die jedoch links in ein scheinbares Nichts abtaucht und rechts Richtung Einkaufsstraße abzweigt, von der wir gerade gekommen sind.

Suchend geht sie um die Kirche herum. Ich laufe ihr hinterher. Wir kommen an eine alte Stadtmauer, links davon ist ein Parkplatz, und direkt vor uns taucht ein ehemaliges Wartehäuschen mit roten Dachpfannen auf. Dort bleiben wir stehen. Die Kirchenglocken schlagen zehnmal. Uns bleibt noch ein bisschen Zeit, bis der Zug fährt.

Sie fragt: »Denkst du ab und zu noch an später?«

»An wann?«

»An später. An die Zukunft. Wie malst du dir die Zukunft aus? Was werden wir …« Sie zögert. »Was werden wir machen?«

Plötzlich gehe ich ein paar entschlossene Schritte an ihr vorbei, über die Pflastersteine mit Unkraut in den Ritzen. Es kann nicht sein, dass es keine Möglichkeit gibt, hier wieder wegzukommen. Das Wartehäuschen ist an drei Seiten offen. Die hintere Wand ist mit Sprüchen und Tags beschmiert. Und rechts davon führt eine versteckte Steintreppe hinab, die wir aus der Ferne nicht sehen konnten.

»Hier geht es runter.«

Sie folgt mir. Die Stufen sind rau und ungleichmäßig. Ich halte ihre Hand fest – diesmal denke ich nicht darüber nach. Am Treppenende führt ein Fußweg weiter hinab, Richtung Park, den ich schon gesehen hatte, als ich aus dem Zug gestiegen war.

Wir bleiben an einer Wiese im Licht der goldenen Abendsonne stehen. Vor uns sehen wir die Rücken von neun Statuen. Neun meterhohe weibliche Figuren, schmal und eckig, in fester Anordnung auf dem Rasen. Von Weitem, vom niedriger gelegenen Bereich des Parks, hört man Stimmen und Musik. Aber hier ist außer uns niemand.

Was werden wir tun, hat sie eben gefragt. Es gibt keinen Farbfächer an Möglichkeiten mehr, den wir sorglos und unbedarft neben die Gegenwart halten können, um zu schauen, wie es wirkt.

»Ich habe ein Exemplar deines Buches dabei«, sage ich. »Sie wurden gestern an die Paketstation geliefert. Ich hatte vorher nicht gesehen …«

Ich denke nach. Kneife meine Augen zusammen, spanne

meine Schultern an und reibe fest über meine Brauen. Schweiß brennt in meinen Augen. »Ich habe all deine Zeichnungen gesehen, als du sie gemacht hast. Ich war mir wirklich sicher, dass ich jedes Detail wiedererkennen würde, weil ich gesehen habe, wie du es geschaffen hast.«

»Das stimmt nicht. Ich war meistens allein.«

»Ja, das weiß ich. Ich meine: Am Ende des Tages bist du ins Wohnzimmer gekommen – oder damals in Frankreich, in dem Haus – und hast mir gezeigt, was du gezeichnet hast. Und ich habe es immer genau betrachtet. Du darfst nicht denken, dass mir das egal gewesen wäre. Ich habe gesehen, was du schaffen wolltest. Ich habe unser Leben wiedererkannt, jedes Mal, wenn du …«

»Nicht jedes Mal«, unterbricht sie mich wieder.

»Aber oft, Tess. Ich habe genau hingeschaut. Das meine ich. Und vielleicht habe ich mir deshalb nicht alles noch mal ganz genau angesehen, als es fertig war. Vielleicht dachte ich: Ich kenne das schon, ich habe den Entstehungsprozess mitbekommen, ich kenne viel mehr als nur das Ergebnis.«

Sie sieht mich an. Sie weiß, was ich sagen werde.

»Du hast auf jeder Seite ein Blütenblatt abgezupft.«

»Ja.«

»Das ist es, das ist es nicht, das ist es. Wie damals. Und ich hatte keinen blassen Schimmer. Ich habe das erst heute Morgen gesehen. Wirklich. Diese Blume, links unten auf jeder Seite. Jemand hält sie, oder sie wächst irgendwo, aber sie erscheint immer genau an der gleichen Stelle. Und jedes Mal hat sie ein Blatt weniger. Und auf dem letzten Bild …«

Zum ersten Mal an diesem Tag lacht sie ein bisschen.

»Wenn das Papier nicht so verflucht dick wäre, könnte es ein Daumenkino sein.«

Sie kneift die Augen zusammen. »Und was dachtest du?«

»Ich wusste es nicht«, sage ich wieder, als könnte ich mich selbst noch freisprechen. »Mir war nicht klar, dass das im Buch stand.«

»Ich wusste das auch lange nicht.«

Mir ist bewusst, dass ich jetzt nichts sagen sollte. Sie setzt ein paarmal an, stockt aber wieder.

Dann findet sie die Wörter. Sie sagt: »Ich bin traurig, Robin. Ich vermisse ihn ab und zu. Sehr oft. Ich vermisse ihn sehr, sehr oft.«

Ihre Stimme bricht. Ich will zu ihr gehen, zwei Schritte, dann wäre ich bei ihr, aber ich schaffe es nicht. Es ist eine unüberbrückbare Distanz.

»In meinem Kopf gibt es eine kleine Tür«, sagt sie, »und ich öffne sie lieber nicht, denn dahinter sagt mir jemand, dass du recht hast. Dass es nicht fair wäre. Dass es so besser ist. Für einen Moment war alles, wie es sein soll, und bald ist es das vielleicht nicht mehr. Manchmal denke ich: Alles ist so unsicher. Wie kann man das gegen die einzige Sicherheit – dass es mich und uns sehr glücklich machen würde – aufrechnen?«

»Also hast du nachgedacht«, sage ich und ärgere mich darüber, dass ich wieder auf das zurückkomme, was sie heute Morgen auf dem Bahnsteig von Utrecht Centraal gesagt hat. Als hätte es da angefangen. Als müsste ich das offene Ende immer noch mit etwas verbinden.

»Also vielleicht müsstest du dann mit einem anderen …«

Plötzlich sieht sie mich direkt an. »Nicht mit einem anderen. Daran habe ich nie gedacht. Meine Güte, wenn es das ist, was du hier …«

»Aber das wäre doch eine Option?«

»Aber es geht nicht um den Kinderwunsch, Robin. Nicht einfach nur darum, ob es passiert oder nicht. Es geht vor allem um eine kleine Version von uns beiden. Mit dir – oder eben nicht. Auch wenn …« Sie sucht nach den richtigen Worten. »Auch wenn es bei dem Wissen bleibt, dass es möglich gewesen wäre. Dass er irgendwo existiert.«

Ich denke an die Vogelzeichnung.

Sie sagt: »Manchmal hat mir das genügt. Ich habe mich an den Gedanken gewöhnt. Er hat mich getröstet. Doch nicht immer. Und manchmal bin ich traurig. Dann fühlt es sich an, als hätten wir einen Sohn gehabt, sein Name war Mats, aber wir haben ihn wieder verloren.«

Wir nehmen einen Schotterweg, der an einem Bach entlangführt. Zwei Enten tauchen ihre Köpfe ins Wasser. Wir biegen links ab, gehen nacheinander über eine kleine Holzbrücke und um eine geflieste Fläche mit einem großen, ovalen Teich. Mich überkommt eine plötzliche Begeisterung, aber ich weiß nicht, warum. Vielleicht liegt es am Geruch der Linden. Vielleicht ist sie gleich wieder weg.

»Du hast geweint«, sage ich. »Als du das Buch übergegeben hast.«

»Aber nicht, weil ich traurig war«, sagt sie leise. »Wirklich nicht. Das war keine Trauer. Ich wusste eigentlich nicht, warum ich es so machen wollte, nur, dass ich es gerne wollte. Erst nachdem ich es abgegeben hatte und fast wieder zu Hause war, wusste ich es: Ich hatte ihn beinahe zum Leben erweckt.«

Sie blinzelt, der Mund ist leicht geöffnet, wartet auf das, was sie noch sagen will.

»Ich hatte etwas für ihn gezeichnet.«

Wir nähern uns dem Biergarten am Kopf des Teiches, dem Geräusch von Besteck und Sommerabendgesprächen.

Unsere Gedanken sind nicht die Summe von rationalen Überlegungen, keine Route zur logischen, einzig möglichen Bestimmung – aus der Tür treten, zweimal links abbiegen, ein Stück geradeaus, die Straße überqueren, rechts abbiegen, und man ist da. Etwas, das mir abends wie eine unumstößliche Wahrheit vorkommt, entpuppt sich morgens als ein dermaßen offensichtlicher Selbstbetrug, dass ich meine Augen davor verschließen muss. Der Börsenpreis einer felsenfesten Überzeugung kann abstürzen oder wurde offenbar jahrelang aus Versehen in die falsche Währung umgerechnet. Ich hatte mittlerweile Tausende Male daran gedacht, an sie, wie sie in der Tür stand, an jenem Morgen bei den Nachbarn nach dem Schwangerschaftstest, an ihren Blick – und den Moment ebenso oft analysiert. Eine Zeit lang war ich mir sicher, dass wir an jenem Morgen eine Entscheidung getroffen hatten. Dass wir uns ein Eis bei Robertos geholt hatten, an einem Bouleplatz vorbeigeschlendert waren und die asymmetrisch angeordneten Fensterbänke von Häusern betrachtet hatten, in denen wir irgendwann einmal wohnen wollten. Inzwischen wusste ich nicht mehr, ob wir bei diesem Spaziergang überhaupt in die gleiche Richtung geblickt hatten, und manchmal nicht mal mehr, ob sie überhaupt dabei gewesen war.

Trotz alledem versucht sie nicht, mich zu überzeugen.

Ich war sehr lange fest davon überzeugt, kein Vater werden zu wollen. Dass diese Entscheidung feststand, bestimmte zugleich, dass es die richtige war. Allein die Tatsache, dass ich eine Entscheidung getroffen hatte, diente mir als Rechtfertigung, als würde die Begründung dann von selbst folgen. Ich war mir immer sicherer, während sie mir gegenüber so unglaublich viel selbstloses Verständnis an den Tag legte, dass ich nie von jemandem gezwungen wurde, meine Entscheidung zu überdenken.

Wir steigen die Treppe hoch und biegen rechts ab.

»Tess«, sage ich. »Wie geht es dir?«

»Ich bin müde«, sagt sie noch mal.

»In welcher Hinsicht bist du müde?«

»Ich bin in vielerlei Hinsicht müde. Müde auf eine Art und Weise, die morgen wieder vorüber sein kann, und müde auf eine Art und Weise, die nicht mehr weggeht.«

Wir sind wieder am Anfang der Bahnhofstraße. Wir gehen um den Bahnhof herum. Sie setzt sich am Rand des Bahnsteigs auf ihren Koffer und legt den Kopf auf die Knie.

Ich schweige eine Weile. Durch ihre Beine fragt sie: »Woran denkst du?«

»Ob überhaupt noch ein Zug kommt.«

»Der Zug kommt gleich. Es kommt noch ein letzter Zug. Komm mal her.« Sie winkt mich zu sich und wischt Gras von meinem Bein. In der Ferne hört man, wie Schranken runtergelassen werden. Sie schlägt nach einer Mücke.

Der Zug ist nahezu leer. Nur hinten sitzt eine Gruppe Jugendlicher. In Ehingen steigt niemand aus.

Wir bleiben im Einstiegsbereich stehen. Ich schaue nach draußen und sage: »Ich habe dir nie eine Wahl gelassen.«

Sie hält sich an einem Stahlgriff neben der Tür fest, der Koffer steht zwischen ihren Beinen. Die Gleise kreischen und knarzen, über den Häusern hängt eine rosarote Glut.

»Doch«, sagt sie. »Das darfst du dir nicht einreden. Und es gab Momente, in denen ich fest davon überzeugt war, auch keine Kinder zu wollen. Aber …« Sie sieht mich an und schaut wieder weg. »Aber immer öfter war ich mir sicher, dass ich es doch wollte. Weil alles andere passte.«

Ihr Smartphone macht ein Geräusch.

Eine halbe Minute lang schweigt sie, dann sagt sie: »Es kam mir vor, als hätten wir jahrelang ein Los mit der Gewinnnummer in der Küchenschublade liegen lassen.«

Wir sind fast da. Eine Gruppe Jugendlicher steht auf und geht zum anderen Ausgang. Tess schaut auf ihr Handy.

Sie hat die Fotos vom Nachmittag schon per Mail bekommen, steht da.

Sie öffnet die Nachricht, und wir sehen sie uns zusammen an. Die Zeit wird zurückgedreht. Es ist wieder mitten am Tag, die Sonne scheint, die Gesichter strahlen, das Licht fällt wunderschön in das Geschäft. Sie sitzt auf einer kleinen Bühne, vielleicht fünfzehn Zentimeter höher als der Rest. Auf einem der Fotos steht ein Junge neben ihr. Er hält sich mit beiden Händen an ihrem Knie fest und steht auf seinen Zehenspitzen, um sich die Bilder mitanzusehen. Sie zeigt ihm ein Detail, das für die Fotografin unsichtbar bleibt, vielleicht einen Ballon, einen Drachen, Wasser, eine Windmühle.

Er lebt. Er existiert bereits. Er ist dieser Junge, er ist das, was sein Vater vor Katastrophen beschützen will, er existiert auf den Seiten ihres Buches, in unseren Köpfen und zwischen uns, wenn wir über ihn sprechen. So fühlt es sich für mich an, als könnten wir jetzt besprechen, welche Winterjacke wir ihm kaufen sollen, was an seiner Kinderzimmerwand hängen wird, dass er unten an der Treppe ruft, weil das Abendessen fertig ist, worin er gut sein, was ihm schwerfallen würde, ob wir uns verändern, was wir gewinnen und verlieren würden oder beides, gleichzeitig, jeden Tag, weil Gewinn und Verlust sich so mühelos im jeweils anderen tarnen.

Der Zug hat noch gar nicht richtig Fahrt aufgenommen und bremst schon wieder.

»Hier müssen wir raus«, sagt Tess.

Es dauert einen Moment, bevor sich die Türen öffnen. Die drei Stufen zum Bahnsteig sind tiefer als bei niederländischen Zügen. Wir warten zusammen.

Die dunkelgelbe Tür gleitet zur Seite. Es ist noch hell. Sie drückt meine Hand.

Wieder die plötzliche Angst, das Leben aus Versehen dort zurückzulassen, wo man aussteigt.

Ich steige zuerst herunter, eine, zwei, drei Stufen, dann der Schritt auf den Bahnsteig. Wir sind nur sieben Minuten unterwegs gewesen, doch in der Zwischenzeit scheint es dunkel geworden zu sein. Ich drehe mich um, nehme ihren Koffer an und stelle ihn hinter mir ab.

»Komm her«, sage ich mit ausgestreckten Armen.

Wir verlassen den Bahnsteig über einen kleinen Seitenhang. Es sind kaum Häuser zu sehen. Der einzige Weg soll uns zum Gasthof bringen, den der Verlag für sie gebucht hat. Es ist ein anderes Hotel als vor drei Jahren. Die Laternen scheinen ockerfarben, in der Ferne sieht man Berge.

»Soll ich ihn nehmen?«, sagt sie. »Du hast ihn ja heute schon genug getragen.«

Wir bleiben stehen. Vorsichtig drehe ich mich zu ihr. Das letzte Licht des Sommerabends spiegelt sich in ihren Augen. Intuitiv streckt der kleine Junge die Arme nach seiner Mutter aus. Er lässt sich übergeben. Ich nehme ihren Koffer.

»Schläft er?«, flüstert sie.

Ich schüttle den Kopf. »Aber es fehlt nicht mehr viel. War ein langer Tag.«

Ich war nicht der Erste, der sie sah, als wir in Ehingen ausgestiegen waren. Er sah sie zuerst und sie ihn. Sie rannte auf uns zu, ging in die Hocke und hob ihn hoch. Er strampelte mit seinen Füßen und griff nach ihren Haaren, hielt ihre Ohren fest, er machte das Wiedersehen so physisch, dass für mich nur ein Arm und eine Schulter übrig blieben. Und noch in ihren Armen, in der Höhe, fing er an, schneller, als es sein Wortschatz zuließ, von allem zu erzählen, was er gesehen hatte. Als er kurz innehielt und den Kopf in ihrem Hals vergrub, sah sie an ihm vorbei, zu mir.

Für sie war es viel selbstverständlicher gewesen, dass es so kommen würde.

Wir sind fast da. Ich streichle meinem Sohn über den Kopf und durch die Locken in seinem Nacken, die Locken, die ich von ihren Kinderfotos kenne, auf denen sie genauso schaut wie er manchmal. Ich lege die Außenseite von zwei Fingern in seinen Nacken und dann die Innenseite.

»Er ist warm.«

»Es ist warm.«

Er wird etwas unruhiger in ihren Armen und richtet sich auf.

»Wo ist Papa jetzt?«, fragt er.

»Hier«, sage ich und mache schnell zwei Schritte, um bei ihm zu sein. »Hier bin ich. Ich war den ganzen Tag bei dir, und ich bin immer noch da.«

Quellen

Um mehr über den Kampf zum Erhalt von Amelisweerd zu erfahren, sprach ich lange und ausführlich mit Jos Kloppenborg. Er war schon dabei, als es im September 1982 richtig losging, und protestierte auch in den letzten Jahren vehement gegen die geplante Rodung.

Die Illustratorin Hanneke Siemensma hat mir das ein oder andere darüber erzählt, wie eine Kinderbuchautorin vorgeht.

Was der Pianist auf Seite 65 über seine Tochter sagt, ist in leicht abgewandelter Form das, was Joep Beving am Sonntag, dem 10. Juni 2018, während seines Auftrittes beim *Best Kept Secret Festival* gesagt hat.

Ein Teil dessen, was Tess in ihrer Sprachnachricht auf Seite 132–133 sagt, wurde dem Lied *How to Fall in Love in a Pandemic (Music for a Short Film)* des irischen Musikers Daithí entnommen.

Der Satz »Die Welt zu retten wurde günstiger, als sie zugrunde zu richten« auf Seite 141 ist eine sehr wörtliche Übersetzung von »Saving the world is cheaper than ruining it«, entlehnt von *Future Crunch,* einem im Zweiwochentakt erscheinenden Newsletter über optimistisch stimmende Entwicklungen in Wissenschaft, beim Naturschutz und bei der Energiewende.

Soundtrack und mehr: peterzantingh.nl/tussentijds

Roman
Aus dem Niederländischen von Hanni Ehlers
240 Seiten
Auch erhältlich als eBook

Amber singt bei einem Konzert gegen ihren Schmerz an; Quentin läuft Kilometer um Kilometer und Kristianne möchte die wahre Geschichte ihres Sohnes erzählen. Die Leben acht verschiedener Menschen überkreuzen sich durch Mattias' unerwartetes Verschwinden auf schicksalhafte Weise. Wie Puzzlesteine fügen sich ihre Geschichten zu einem Abbild von Mattias und werden trotz aller Trauer zu Zeugen seiner Begeisterungsfähigkeit und seines unbeugsamen Lebensmutes.

Essay
Aus dem Niederländischen von Ira Wilhelm
192 Seiten
Auch erhältlich als eBook und Hörbuch-Download

Was wissen wir über die Zeit, in der wir leben? Eins ist sicher: Wir spüren, dass die Dinge sich verändern. In 20 kurzen, klarsichtigen Essays wagt Stefan Hertmans einen Versuch, den großen gesellschaftlichen Verschiebungen der Gegenwart auf den Zahn zu fühlen. Mutig und differenziert greift er in aktuelle Debatten ein und liefert dringend gebotene und erhellende Zeitdiagnosen zu Themen wie Klimakrise, Identitätspolitik, Demokratie, Migration und technologischem Wandel.

Kolumne
112 Seiten
Auch erhältlich als eBook und Hörbuch-Download

Nie kann Doris Dörrie der Versuchung widerstehen, von einer Reise etwas mitzubringen: eine Origami-Schnecke aus Japan, eine Ringer-Maske aus Mexiko, die Figur einer Reisgöttin aus Bali, Boxerstiefel aus New York oder Borotalco, ein Wundermittel gegen Flecken aus Italien. Nützliches, Krimskrams, exotische Lebensmittel, Zauberutensilien und kitschige Staubfänger. In der Begegnung mit den Dingen erzählt Doris Dörrie auf ihre unverwechselbar persönliche Art vom Leben, Schreiben und Reisen.

Aus dem Italienischen von Peter Klöss
128 Seiten
Auch erhältlich als eBook und Hörbuch-Download

›Cedrus libani‹, so heißt der Baum, der seit Jahrtausenden die Geschichte der Menschheit begleitet. Schon die Phönizier verehrten ihn, wie sollten sie auch nicht? Ein Baum, der so alt werden kann, hat viel zu erzählen. Und so erkundet Raffaella Romagnolo nicht nur das Wesen dieses besonderen Baums, sie zeigt auch in vier Episoden, wie die kleinsten Momente Leben verändern können und was der Halt bedeutet, den die Wurzeln der Libanonzeder versprechen.

Foto: Maurice Haas / © Diogenes Verlag

PETER ZANTINGH, geboren 1983 in Heerhugowaard in der niederländischen Provinz Nordholland, studierte Wirtschaft und Digitale Kommunikation und arbeitet für die Wochenendausgabe des NRC *Handelsblad*. Sein Romanerstling *Een uur en achttien minuten* war für diverse Literaturpreise nominiert, bei Diogenes erschien 2020 sein Roman *Nach Mattias*. Peter Zantingh lebt mit seiner Frau, seinem Sohn und seiner Tochter in Utrecht.

LISA MENSING, geboren 1989, ist Übersetzerin, wissenschaftliche Mitarbeiterin am Institut für Niederländische Philologie der Universität Münster und Redakteurin bei TraLaLit. Sie übersetzt Prosa, Lyrik und Theaterstücke aus dem Niederländischen und hat u. a. Connie Palmen und Gerda Blees ins Deutsche übertragen.